郁笛·作品

鲁南记

新疆美术摄影出版社

郁笛 著

图书在版编目(CIP)数据

鲁南记 / 郁笛著. -- 乌鲁木齐：新疆美术摄影出版社, 2013.1
ISBN 978-7-5469-3394-8

Ⅰ.①鲁… Ⅱ.①郁… Ⅲ.①散文集 – 中国 – 当代 Ⅳ.①I267

中国版本图书馆 CIP 数据核字(2013)第 009096 号

中国西北角丛书

书　　名　鲁南记
著　　者　郁　笛
选题策划　于文胜
责任编辑　王　族
封面设计　党　红
制　　作　乌鲁木齐标杆集印务有限公司

出版发行　新疆美术摄影出版社
地　　址　乌鲁木齐市开发区科技园路 7 号
邮　　编　830011
印　　刷　北京华宇信诺印刷有限公司

开　　本　880 毫米×1230 毫米　　1/32
印　　张　8
字　　数　160 千字
版　　次　2013 年 2 月第 1 版
印　　次　2013 年 2 月第 1 次印刷
书　　号　ISBN 978-7-5469-3394-8
定　　价　25.00 元

温暖的念想

郁笛

有人说，中年就像一场人生的午宴，总会有人中途离去，而温凉的残羹中，也总是一些旧年的汤汁。离散无常，或许说的就是这种人至中年的状态吧。现在想想，似乎多年以来我都在为自己的这一场午宴而精心准备着，尤其是母亲去世后的这几年，那些沉寂在记忆深处的往事，随着对母亲的回忆，也慢慢地苏醒了。我萌生了要用一些文字，来修复一部个人乡村史的愿望。

重要的是，我离开得那样早。三十年来，我几乎是用回忆和思念来眺望着那一片精神的故土。遥隔着时间和空间的距离，鲁南的影像，反而变得愈加坚固和坚定起来。事实上，我在今天所说的鲁南，大体上集中在我出生的那个名叫西水沟的小村庄，以及她方圆几公里范围内的"湖光山色"。我没有能力让自己走得更远。直至今天，谈及故乡和亲人们的情形，对这个村子之外的很多事情，我都感到陌生和遥不可及。我离开得时候太早了,而远在新疆,我回乡的次数又少得可怜。所以在新疆辽阔而高远的背景上来眺望故乡,鲁南便多了一些迷濛和时光里的恍惚。

大多数时候,西水沟村和众多鲁南平原上的村庄并无二致。生老病死,鸡犬相闻,这些古老乡村的旧时画面,多少年来在我的记忆里挥之不去。而就在昨天,一位村子里来新疆跑长途运输的后生,几经辗转找到了我,席间的一番叙旧,让我惊讶不已。这个年轻后生就是我在书中《一锅南瓜汤》里写到的那位信奉耶稣的三大娘的孙子。席间自然说到了他的奶奶——我母亲活着的时候在村子里最为知心的姊妹——她从"南乡"回来后,听说我母亲去世的消息,整整一个星期都吃不下饭,伤心不已。我完全能够想象得到,孤苦无依的三大娘,早几年的时候,与我多病的母亲,曾经无话不说。现在三大娘跟着孙子在一起生活,一个人精神上的凄苦是可想而知的。

后生姓李,和我们张姓在村子里都是小户人家。我只知道他小名叫"省委",并不知道他的大号,也不便问及,他便憨憨地说,四叔,你就叫我"省委"! 其实我离开村子的时候,"省委"也才两三岁的样子,知道他有个哥哥叫"公社",没成想到他这里,一下子就"省委"了!

"省委"告诉我说,现在半个村子都空着,到了晚上都不敢出门。年轻人都走了,村子里的人越来越少,像他这样天南地北跑运输的人,一年到头也回不了几次家。他还告诉我说,庄南的湖地里发现了大型铁矿,要大规模开发了,要不了多久,怕是整个村子都要搬迁,不知要搬到哪里去。还说从枣庄到临沂的铁路和高速公路也是从"南湖"的地里通过的,原来那些春种秋收的庄稼地里,现在正响彻着钢铁和机器的轰鸣声。

我知道这一切是不可逆转的了。现代化,或者城镇化的进程,就是要以村庄和农业文明的消灭为代价,来换回最大限度的经济增长。而我痛惜的,不是这些有形的村庄和土地的颠覆,而是在这个古老的村庄和土地上所发生的一切,正在将我的《鲁南记》这样的幼年记忆,推向了无以复加的时间的孤岛。最终,使得我这样的个人记忆,变得渺茫和无所依据。

如果说,这么多年来一个人的飘泊,使我完成了一部乡村的回忆,我愿她在接下来的时光里能够停在原处,为这个村庄里不曾消亡的个人或者家族的历史,挽回一点点温暖的念想。

2012 年 12 月 21 日 14 点 14 分乌鲁木齐幸福花园

目录

故乡的味道

　　昨夜里的一场雨,一直下到了今天早晨。想必这样的雨夜是适合乡愁的。我坐在窗户底下,慢慢地听着这些稀里哗啦的雨水,打在楼下的树枝上,也啪啪啪地打在窗台上,渐渐湿了的,便是那浑然不觉的故乡了。

　　故乡在哪里?举目夜空,雨声森然,黑漆漆的夜晚,独拥着一盏微弱的灯光,真是遥看近却无呀——恍然之间,三十年的时光已过,我已经没有了归乡的路。母亲活着的时候,我总是坚定地相信,故乡无时无刻不在那里等着我呢,迟早只是时间的问题,我这样肆无忌惮地在外面闯荡,全然没有理会故乡正在离我一步步远去。可是,三年前母亲去世之后,除了撕心裂肺的悲恸之外,慢慢地,我的乡愁里便多了些绝望的挣扎和无奈。没有了你在这个世界上最牵挂的那个人,那个故乡,还能算是真正的故乡吗?

　　只剩下了回忆。经由这一夜的雨水,我的记忆仿佛一下子复活了:童年的院墙、窄窄的土巷、树梢上的炊烟、苦寒的冬天里那一块滚烫的红薯(山芋)……活在乡间的人,谁没有一部五味俱全的乡村记忆。可是这许多年来,我已经习惯了忘却。这样的忘却,有时候是无意的,有时候,却是一种有意识的"忘却",为的是早一点洗脱掉身上的"泥土味",为的是更早地加入到城里人的队伍里来,把一口纯正的乡音,硬是活生生地说成了不土不洋的"普通话"。时间长了,自己没有了感觉,别人听起来也别扭。

早些年,经常有人会问我,你到底是哪里人？我会故作姿态地让对方猜猜看,十有八九对方会说,听不出来,你这口音,到底是哪里的人呀？这个时候,对方听得一头雾水,我却在心里沾沾自喜,以为真的就这样脱胎换骨,不再是带着一身"土"味的乡下人了。

人到中年,或许是年岁长了的缘故,口音里慢慢地又找回了些乡音的味道,这些年经常在无意间,被人一口咬定"你是山东人吧！"那口气不容分说,仿佛你的脑门子上,贴着一张"山东人"的标签。我的兴奋和亲切感,也像山东人的脾气一样,腾地一下就上来了,因为说这些话的人,大多也都是山东人,或者山东人的后裔。而我也相信,这些在血液里生长出来的家乡话,不是一朝一夕之间,随意就可以被清洗得掉的。这些年,在新疆的游历和漂泊中,就是凭着这一口纯正的山东话,让我时不时地获得一些意外的惊喜,找回了一些身为山东人的归属感。

他乡遇故知,终是亲切。遗憾的是,当年我茫然地从故乡——鲁南乡间出来闯世界的时候,基本上还是一个对这块土地一无所知的人,并不是因为我的年轻,而是因为我的贫穷和无知。那个时候,我是多么急切地想要逃离她,渴望着外面的世界和被改变的命运。我如愿以偿,就在我要绝望的时候,一个偶然的机会,使得我穿上军装,被一列绿皮火车拉到了新疆。这一晃,就要三十年的时光过去了,虽然中间总是要隔上几年回去一趟,这样的匆匆复匆匆,终不能改变,由于自己当初的逃离而终被故乡所"抛弃"的命运。

我的故乡苍山县,虽然习惯上被称之为沂蒙老区,实际上她毗邻江苏的徐州,和安徽、河南也挨得很近。尤其我出生的那个村庄——尚岩镇西水沟村,处在一片难得的丘陵和平原相间的洼地中。稍许的平坦和一望无际的原野上,间或出现的一些"山岭"点缀其间,就风俗而言,属于鲁南平原上典型的农耕村落。祖祖辈辈日出而作,日落而息的生活方式,依然还被这个村子里的一部分人沿袭着。

据说,现在村子里的年轻人基本上都走光了。出去打工、做生意,随便一种谋生活的营生,都比呆在村子里苦守着几亩地要好过得多。村子里只剩下了一些老人和没有办法走出去的人了。我的一个亲戚告诉我说,就是剩下的这些人,我现在回到村子里,也没有几个人理会你了。老人们大多离去,同辈人忙于生计,年轻的人你又不认识,你回来还有什么意思?

是啊,回不去了。我自己也在不断地强迫自己接受这样的事实。可是,许多个夜深人静的夜晚,一如这样的雨夜里,我的魂,还是丢在那里了呀。我不得不承认,我把自己生命最初的那一段记忆,原原本本地丢在了这个村子里,任我有怎样的努力,千般的变化,都无法使自己跨过这个夜色里——日渐清晰和明朗的村庄。

除去我在那个年代的贫穷和苦涩的童年记忆,我的全部的爱和滋养,包括那些曾经受到的伤害和屈辱,完全依赖着这个日渐衰老的村庄和那些淳朴的乡邻们。尽管他们中的许多人,自从我出来后就再也没有谋面的机会了。

人生有太多的无常,命运也时常飘忽不定。一个人选择了离开,有时候是无奈的,可是他再也回不去了的,就不仅仅只是那个被标定为故乡的"村庄"了。事实上，他回不去的，更多的是那些时光中的回忆和人世纷扰。一个人老了，或者就要走向衰老的时候，就要依靠着这些早年的回忆里陈旧的时光，来喂养自己的暮年。

可是，我老了吗？我惊讶地问自己。我写下的这些回忆，就算是自己对即将到来的暮年，做一些储备吧。一个离乡背井的人，懂得这些陈年的珍贵，他离得那样远，有什么办法？他再也不愿意，只是掬一捧思乡的泪，朝向故乡的远方，挥洒而去。

2011 年 7 月 2 日 13 点 35 分乌鲁木齐陋石斋

树梢上的春天

　　阳春三月,大地回暖,万物也开始复苏了。平原上的村庄,被大片返青的麦苗和刚刚冒出地面的豌豆苗子围拢着,在陈旧的屋宇和蜿蜒的乡村小路之间,仿佛新的希望就要到来了。可是,这个时候,望着一片片绿油油的麦田和庄稼地,我的心情,却怎么也舒展不开来。因为,一年之中,真正的饥饿就是从这个时候开始的。

　　这是一个青黄不接的季节。村子里鲜有粮食充裕的人家,打我有记忆开始,到1980年代初离开,这个村子里,关于粮食的饥荒,似乎从来就没有断绝过。按说,家里面劳动力多的,可以多分一些粮食,日子要好过一点,但是普遍的粮食短缺,是那个年代鲁南乡间不争的事实。

　　父亲去世后,大哥最大,可虚岁也只有十六岁,所以还算不上一个真正的劳力,挣不到一个整劳力的工分。一家子七口人,只有母亲一个人,拼死拼活地干,到头来队里分粮食的时候,还总是比别人家少一大截子,可是吃饭的嘴却在一天天长大,而不是缩小。所以,那个时候总是感到饥荒的压迫。新的粮食还没有下来,分到手的粮食早早地就吃光了。没有办法,就只能什么粮食下来了就吃什么。粮食总是不够吃,有人就埋怨我母亲不会过日子,说什么刚下来麦子,全家就吃全麦子的煎饼,也不知道掺些地瓜干什么的,也不知道惜乎着点儿,搞得总是一年的粮食,半年不过就吃完了。在饥饿难耐的日子里,想必我那时也是埋怨母亲的吧。

其实现在想来,母亲能有什么办法呢?眼皮子底下,六张睁开了眼睛就要吃饭的嘴,她也只能吃了上顿再想下一顿的问题。到了青黄不接的时候,母亲的日子就更加难过了,从供销社里作为返销粮和救济粮买回来的多数是半袋子红薯干,少得可怜的玉米要当做细粮吃。没有吃的了,母亲就把别人家喂猪用的红薯秧子磨成的糠,掺着少量的红薯和玉米面摊成煎饼吃,有时候干脆什么都没有了,就只剩下了糠,就着咸菜,一家人吃得也是热火朝天。没有见谁说过难以下咽,母亲也总是安慰着大家,说是什么"黄金大饼"啥的。我猜想,母亲所指的"黄金",大概就是那几粒不时出现在"糠饼子"上的玉米粒吧。但在那个时候,这些散发着金黄色诱人光芒的玉米粒呀,在我饥饿的眼睛里,真的是比黄金还要珍贵的东西。举天之下,哪有不希望儿女吃饱的母亲。可是母亲总是要控制着我们少吃上一些,多喝一些汤。因为糠吃得多了,大便困难,有时候也会伤害身体。

当时,我在课本上知道旧社会的穷苦人家,是靠吃糠咽菜度日的,可是我回到家里,吃着糠的时候,竟没有一口菜可以帮我咽下去。幼小的我,并不能理解真正的"贫穷"意味着什么,面对这样一个食不果腹的家,我无能为力,绝望而又无奈。我把这一切苦难的根源,归根于父亲过早的离去。在此后的许多年里,我也都会在心里安慰自己:你和别人是不一样的,你是一个没有父亲的人!所以你要忍受和承担所有别人不能承担和忍受的一切!

一切,都是因为春天的到来。柳树冒出新芽的时候,杨树上的白絮子飘得差不多了,接下来,就可以把那长长的穗子给撸下来,放在开水里烫一下,再放上咸盐,如果还有黄豆的碎末,做一锅鲁南人习称的"渣豆腐",用煎饼包了,顾不上烫嘴了,大口地吞咽,自然也是一道美食风景。问题是,要是连续几天,甚至十几天地这样吃下去,保证你的胃里也已经泛绿了。

杨树穗子不可以吃得太多,也没有办法吃多了。因为过不了几天,一场风,或者春雨,就会将这些飘摇在杨树枝头的"穗穗子"刮落得满地都是,想吃也吃不成了。

用不了几天,就是四月槐花香了。房前屋后,沟崖地头的槐树上,是一树比一树更壮观的白色披挂,犹如一场春雪挂满了枝头,风摇树动,花影婆娑。槐花盛开的季节,真的是壮观呢!我有时候想,如果不是因为要填饱肚子,这槐乡国里的春天,真的是一场幻梦般的季节,你刚刚脱去了一个冬天的厚重棉衣,轻舒了腰身,眉眼间这如影相随的槐花,就扑面而来了。

槐花味甜,几乎无需添加辅料,用一匙豆油,加上盐巴炒了,放上几片红辣椒,那不是美味是什么?可惜,饥肠辘辘的人们,没有这样的心思,只是一筐头一筛子地捋回家来,掺进红薯糊糊里贴成饼子,或者过开水后晒干了,以备不时之需。用手举着加入了槐花的红薯饼子,蹲在自家或者邻家的门槛上,就着一棵干葱还是咸菜疙瘩,大口地嚼咽,整条巷子里都充斥着槐花和红薯饼子甜丝丝的味道。

鲁南的春天里,要说树梢上的美食,当属香椿芽了。香椿树在乡间,并不是什么尊贵的树种,只是每年的春天里,那枝顶树梢的新芽,常常因为其质朴的香气,而成为乡间的一道美味。稚嫩的幼芽，甫一拱出枝头，就被迫不及待的乡人们用手尖掐了去，开水一烫，拌了蒜泥、醋，如果再滴上几滴香油，那就要流口水了。只是，这对于处于饥荒中的人们，几乎是一种理想，大多数时候，人们还顾不了这么多，只是填饱肚子，以粮充饥而已。

不过，香椿芽的另一种吃法，现在倒是挺流行的，那就是"香椿芽煎鸡蛋"。那个时候，一般人家舍不得这么吃，也吃不起。家里的母鸡下了蛋，都换成油盐酱醋，除非是家里来了贵客，谁舍得把鸡蛋煎了自己吃。需要说的是，现在宾馆酒店里的"香椿煎鸡蛋"，他们使用的是罐头饼子的"香椿芽"，是大棚和温室里工业化生产出来的，不是我们乡下院子里，那一棵需要爬到树上才能采下来的香椿树芽了。所以味道嘛，也就不好说了。

不几日，香椿树上的芽子就不再鲜嫩了，慢慢地长成扩大的叶片，摇曳在风中日头里。这个时候，几乎家家户户都会采了这些老了的香椿芽，洗净晾干，撒上大盐粒子在瓷盆子里，一层层地用力搓，然后装入坛子腌上，盖紧了盖子，用不了多久，就可以当咸菜吃了。有的人家会吃上整整一年，直到来年春天。腌香椿芽，因为放得久不变质，又持久地保持了香椿的鲜香味道，而成为鲁南乡间几乎每家必备的当家咸菜。

我在新疆当兵的那些年，每次有战友回乡探家，母亲总是让他们给我带上一包她亲手腌好的香椿芽和煎饼回来。千里迢迢，往往是带回来的煎饼已经生毛变质了，可是每当打开那一包香气扑鼻的香椿芽时，我仿佛一下子就看到了母亲佝偻着身子，在一盏如豆的灯光下面，一手持着瓷盆，一手抓着大把的盐粒子，用力地在那些香椿叶子上搓揉的影像。

是什么时候,我吃完了母亲捎来的最后一捧香椿芽?现在,我知道母亲连同那些饥荒里的春天,一起去了远方……

2011 年 7 月 4 日 20 点 26 分乌鲁木齐陋石斋

父亲的远方

父亲是我一生的阴影。他的身世直到今天,对我来说仍然像是一个巨大的谜团。

很久以来,父亲都是一个忌讳的话题,他是一家人永远的痛,没有人敢去碰一下,关于他的话题总是被绕着走。这么多年来,我一直想弄清楚,关于父亲和他一去不复返的远方,到底在哪里呢?

他走的那个早晨,或者应该是一个睡梦中的夜晚,我和三哥及家里的孩子,被惛惛懂懂地叫醒了,并被胡乱地穿上了衣服。整个屋子里空气凝重。我一定是还停留在一百个不情愿醒来的睡梦中,但我不知道发生了什么,像一个梦游中的"傻子",呆呆地站在床沿上,目睹着一家人的慌乱和悲切。父亲不行了,在这个夜晚,在众人的守护和惊呼中,早已经丧失了意识的父亲,最终停止了呼吸。

父亲在他 41 岁的那一年秋天,一个匆忙的夜晚,在众人的掩护下,趁着夜色,一个人,悄然去了我无从知道的另一个远方。

那一年秋天,我的人生似乎才刚刚开始,有了关于悲伤和不幸的记忆。仔细想想,父亲活着的时候,我的那些有限的幸福和温暖,竟然在记忆里模糊一片。我无法清晰地描述出来父亲的脸庞了,他长得高矮胖瘦,他说话的声音和腔调,更是无从谈起。后来,在众人的描述中,我能够知道的是,同样苦命的父亲,三岁就失去了母亲,想必经历的苦难,应该一点也不比我少。但他这一生,有许多东西,都还是少了的——他幼年丧母,少了许多母爱;他不识字,这让他少了一些文化人的苦;他在自己人生壮年的时候撒手而去,少了好多暮年的病痛和悲怆;他没有留下一张照片和任何影像资料给活着的人,少了多少锥心的牵挂和缥缈的思念,也未从得知。

我当然知道,一个没有了父亲的家庭,生活会是怎样的黯淡。那一年秋天,随着众人安葬了父亲之后,恍恍惚惚的岁月,我几乎忘掉了父亲那张温和抑或严厉的面孔。我努力地回想着和父亲在一起的幼小时光,有一些梦一样飘忽的往事,不知道完全是自己的记忆还是后来母亲的追述——

夏天。还是秋天的傍晚,一家人在院子里吃着晚饭,矮桌短凳地坐了一大圈。大概也是三四岁的我,第一个爬到父亲的腿上坐着,并不时在父亲的大腿上试图站起来,用一双脏乎乎的小手去拍打他总是要躲闪的嘴巴和脸孔。父亲用一只手揽着我,另一只手忙着夹菜吃饭,还要照顾长我一岁的三哥——在他的另一只腿上跃跃欲试。他干了一天的活,刚回到饭桌上坐下来吃饭,被两个孩子纠缠着,不愠不怒,想必脸上也应该是洋溢着幸福的表情吧。我一直在想,这个片段到底是我自己回忆的成分多,还是母亲和姐姐的讲述更多一些呢?晚年的母亲回忆说,那时,为了和三哥争着爬到父亲的怀里去,我总是得到父亲的纵容和默许,慢慢地,三哥也就不再和我争了。

第二个片段。应该是冬天,父亲推着一辆独轮车,两边分别坐着三哥和我,走在一条从集上还是姥姥家回村子的路上。我们村子北边不到二里路,就是史家庄,有一条泛着白光的土路连着。那个冬天一定是寒冷的,隐约记得车子上覆着一床棉被,记不清了那辆独轮车上还会有什么东西,我和三哥每人头上戴着一顶崭新的"新四军"还是"八路军"的蓝灰色军帽,在独轮车的两边蜷缩着。父亲推着我们往家走,一路上都说了些什么呢?可能是那个时候,这一顶崭新的小军帽对我的诱惑太大,以至我对于其他多余的事情没有留下一丁点的印象。

还有一次,也应该是在冬天吧。我因为和三哥合伙偷食了母亲吊在房梁上的一碗肉,害怕受到惩罚,在家里人回来之前,各自跑到院子外面的一堆柴火垛里躲藏。刚开始我和三哥应该是藏在一起的,后来三哥可能害怕和我在一起暴露目标,让我再去找一个地方藏起来。这一藏不要紧,三哥自己早早地回家了,并没有受到任何惩罚。而我躲到村东头的一截矮墙后面,自己给睡着了。快到天黑的时候,我听见大街上有人长长短短地呼喊着我的乳名,由于害怕,我愈加不敢应声。后来,不知是谁发现了墙根底下瑟瑟发抖的我。看见父亲走过来,我害怕得要命,几乎是自己哭出了声来。父亲伏在我的耳边轻轻地说了些什么,然后双手把我紧紧地抱在怀里,转身就往家里走,后边跟着母亲的絮叨还有埋怨,以及一干人等的议论纷纷。

这是我今天能够回忆起来的,有父亲参与的所有的人生场景了。那时候,弟弟还没有出生,父亲走的那个夜晚,弟弟才刚刚出生了三天。所以,作为家里面最小的成员,母亲说我是父亲生前最宠爱和娇惯的孩子。可是,时光总是这样无情,人世间的机缘,仿佛永远错过了的一场聚会,父亲的万般呵护,都因为一个生命的弱小和懵懂,懵懂到他还不能够拥有一段完整的记忆,他的感恩,总是来的这样迟缓。

似乎一切都是安排好了的。父亲走后,凡是涉及父亲的话题,母亲都会回答说父亲出远门了,不知道什么时候才能回来。我后来也曾天真地想过,父亲可能真的是出远门了,甚至我一个人躺在被窝里,设想过父亲从外面回来时的情景。在那些度日如年的岁月里,我把自己的挫败、屈辱,自己所有能改变命运的希望和寄托,也都统统地寄托给了那个出了远门的父亲,和他在某一天的突然归来。这个影影绰绰的幻象,像一团阴影,覆盖了我几乎全部的童年时光。

一直这样过去了好多年, 我都不知道父亲所去的那个远方,竟然远在了天堂。

2011 年 7 月 5 日 18 点 19 分乌鲁木齐陨石斋

黄疸肝炎

　　父亲走后的第二年，整个春天，西水沟村都显得闷热和干燥，几个月来的干旱少雨，使得村东头的那条小河也几近干涸了。到了夏天，这种干燥更是延续为难耐的酷热。由于缺少雨水，我赤脚走在村子里的土路上，每走一步，总是有一种灼烫的尘土泛起来。屋顶上的那几根茅草，在炎炎的烈日下，已经显现出难以支撑的哀相，仿佛只是等待一场普天的大火，将这个世界点燃了。而院墙上那些去年的雨水留下的痕迹，更是增加了人们对于一场雨水的怀念。

　　我还没有到上学的年龄，整天就跟着一帮野孩子在村子里东游西逛。到该吃午饭的时候，我就趴在西院二大娘家的门楼子底下，那块用来乘凉和闲坐的石台上，睁一只眼睛闭一只眼睛地看着二大娘一家人围坐在院子吃饭。闻着他们家饭桌子上飘过来的辣椒炒鸡蛋的味道，看二大娘一手托着煎饼，另一只手不断地撕下一块煎饼，又在盘子里夹上菜往嘴里随意地吃着，有时候我也会跟着咽下一股股口水。二大娘牙口不好，吃饭费劲，看得我都替她着急。

　　我趴在他们家门楼子底下，并没有影响和妨碍他们吃饭说话。我就像一只小狗那样，趴在那个石台子上一动不动，有时候，我趴着趴着就睡着了。或者，一个下午就这样过去了。没有人招呼我一下，也没有人觉得我是多余的，我和这个石台子一样，是一个静物。我想不清楚为什么这个夏天，我总是喜欢躺在二大娘家门楼子底下的石台子上，而不想回家。那时候家里总是空空如也，不知道家里人都去了哪里，可是到了吃饭的时候为什么家里也没有人呢？

我喜欢在二大娘家的门楼子底下躺着，还有一个原因，就是年前他们家新娶的一个儿媳妇，我叫她二嫂子。二嫂子为人亲和，性格开朗，不像他们家的其他人，从不拿眼睛认真地看我一眼。二嫂子喜欢和我开一些不荤不素的玩笑，我也有时候"以牙还牙"地还她一两句。我光着屁股，多数情况下是一丝不挂，村子里的孩子，大都是这样，没有几个孩子在大热天里穿衣服的。因此我在二大娘家的门楼子下睡觉，有时也会被他们取笑一番。

从春天到夏天，就像持续的干旱没有迎来一场像样的雨水一样，漫长、凝固，村子里的生活没有一丝一毫的变化。不知道从哪一天开始，村子里开始有了疫情——一种传染速度极快的"黄疸肝炎"，几乎每家都有人被感染，大人小孩无一幸免，有的一个家里有好几个人都得了黄疸肝炎。我们家和二大娘家是邻居，想不起来是我先得上了黄疸肝炎，还是他们家的二嫂子先得的，总之，我被查出来"黄疸肝炎"后，母亲就再也不让我到二大娘家的门楼子底下睡觉了。我隐约觉得，极大的可能是二大娘家的人把二嫂子的得病，归罪于我老是在他们家的门楼子底下睡觉，他们私下里怪罪或者直接找到我的母亲说了这件事。

"黄疸肝炎"在村子里蔓延的时候，并没有今天我想象的那样恐慌,除了生病的人吃药打针,其他的人该干什么干什么,似乎并没有打乱这个村子几十年如常的生活节奏。赤脚医生们会定期到家里来问诊,还有一种土制的草药,生产队用大锅熬了,各家用盆子或者水桶往家里领回家,有病的喝,没有病的人也可以喝。有人就开玩笑说,走在村子里的人,打嗝放屁都有一股中药的味道。

有些人陆续好了,有些人还在坚持治疗。我的病情大概持续了几个月,一直到了秋天,天开始凉的时候,我的病情才有了明显的好转。后来,隔上一阵子,母亲就会背着我到离家八里地的城集上去看病。看完病后,母亲总会背着我到街上去买几个最便宜的水果,她先是把苹果在衣服上擦了,用嘴咬去坏掉的那部分,嘱咐我把剩下的连皮也一起吃掉。看着我被苹果酸得龇牙咧嘴的样子,母亲总是问我一句话:大苹果,香吧!

苹果是酸的,可是在母亲看来,这是唯一能够安慰我的奢侈品了。母亲背着我去看病,来回差不多要用一天的时间,记忆中除了给我买一点吃的,她从来没有在外面吃过一顿饭。有一次母亲背着我路过一个炸油条的摊子,我央着要吃,母亲不说没有钱了,而是说,那油条怎么怎么地不好吃,要背着我去买更好吃的东西。后来母亲告诉我说,当时五分钱一根的油条她都买不起,可是我又哭着闹着要,她只好背着我在那条大街上来回走,直至我趴在她的背上睡着了。

中秋节到了,是家人团聚的日子,照例是要包一顿饺子的。家里困难,已经好久没有吃饺子了,我记不清家里人那一天吃了什么饭,因为黄疸肝炎是个传染的病,所以我吃饭是和家里人分开的,按照现在的说法叫"隔离"。到了晚饭的时候,母亲像变戏法一样地给我端来的一碗饺子,让我牢牢地记到今天。还记得那饺子是咸鱼和米豆馅的,母亲用筷子夹了,一口一口地往我嘴里塞,直撑得我打饱嗝,母亲还不停手,最后是我挣脱了母亲的手,跑开了。站在一旁眼巴巴望着的三哥,把我剩下的那几个饺子,狼吞虎咽地给吃了。

据说得过了黄疸肝炎的人,以后的肝就有了抗体,不用再担心患肝病的危险了。我后来当兵的时候,体检顺利过关,至少应该说我的肝是健康的。我还怀疑过那个时候的诊断是否准确,因为整个村子里,几乎家家都有"黄疸肝炎"病人的历史并不多见。但我从来没有怀疑过那一场"大病",在那个干旱少雨的季节里,给我幼小的生命带来的滋润和潮湿。那些饥馑的日子里,被疾病逼迫的亲情,母亲无言的背影,渐渐远了的村庄和二大娘豁了的牙齿,絮絮叨叨。

"黄疸肝炎"是一种病吗?还是一种模糊了的乡村记忆?关于那个村子的干旱和酷热,关于母亲,她弯曲的脊背和难得舒展的笑容,已经一去不复返了。

2011 年 7 月 8 日 20 点 38 分乌鲁木齐陋石斋

乡夜

在夜晚来临之前,或者,即使在夜晚的月光下面,都是那些无所事事的孩子们最悠闲的时光。尤其在冬天,整个村庄都是凝固的风景——槐树上的斑鸠窝里,老是传来凄厉的叫声,风摇动着一些枯干枝条,使那个树杈上的鸟窝摇摇欲坠。

在房屋和院墙之间的巷子里,贫穷像寒冷一样,你看见一些柴草被堆积成垛,却看不见炊烟。一只狗由于偷吃了几口邻居家的猪食,而被一声断喝给踢出了院子,等它重新回到大街上的时候,由于受到了惊吓和偷食时的慌乱,显得异常惶恐,呜呜地叫上两声,看看四下里无人理会,也就心安理得地离开了,看上去有一些孤单。

站在村东头往村子里张望,我先是看到了白四和二槐两个人,各自袖着手从一条土巷里走出来。二槐的棉裤上有一块补丁,刚好缝在屁股上,这是他娘昨天才给缝上去的。前一天晚上,二槐和前街的一伙人打架,被人按在土里捶了一顿,棉裤也给撕破了。二槐学过武术,我们叫学拳,但那天晚上,他的拳脚还没有展开就被按倒了,一窝蜂地上去一帮人,事后他爹去找人家,前街的那些大人们,谁也不承认自己家的孩子参与了打架事件。这个事情眼看就要不了了之了,但二槐心里明白是哪几个家伙先动的手,他心里明白着，一直在找机会报复前街上的那几个二愣子货。二槐和白四正朝我这边走来，他们喊着我的小名，我就应了一声，跟上他们走了。

路过满意家的时候，我仰着脸，隔着他们家的院墙喊他，满意的爹蹲在茅坑里回声，说这个小畜生放下碗就出去了。

我们沿着村东头的土路往南走，在东菜园的坷垃地里，遇见满意和整岁两个人，正在和东水沟的一群孩子扔土坷垃。东水沟和西水沟是两个村子，中间隔着一条小河，冬天的时候，小河里基本上都是干涸的，即使有一些水，也都结了厚厚的冰，可以自由的走动。两个村子，隔着一条河，仿佛是天然的壁垒，两个村的孩子们，便都养成了打群架的习惯，不是这边的人被对方扔过来的石头和土坷垃打破了头，就是我们这边扔过去的一块瓦片，砸在了对方的脑门子上。一般到了流血的时候，也就是"战争"胜负的时候了，谁的头被打破了就大呼小叫地被一帮子人簇拥着赶回家包扎，像一个英雄一样从战场上归来。母亲一边大惊小怪地连撅带骂，一边扯下旧布条，找来土灰，或者一小撮老墙土撒在流血的伤口上，紧紧地缠上几道，再用铁勺子在锅底上煎上两个鸡蛋吃了，在家里老实上三五天，也就没有事了。因为这样的事情没有办法追究，双方都会有"伤亡"，这是两个村庄的少年游戏，祖祖辈辈都是这样过来的，不知道延续了多少年。

整岁和满意见到我们三个人到来，有一些意外的惊喜。我们便也不由分说地加入到投掷石块和土坷垃的战斗中。那真是一场充满了快意的游戏。你不认识，也看不清河对面的"敌人"，你的武器便是这脚下庄稼地里的土坷垃，你捡起几块适合投掷的土坷垃,放在左手里,腾出右手来,不喘气地连续向着对方的人群扔过去,嘴里还会发出一种战斗者的呐喊。而在这个时候,你还要眼观六路,耳听八方,时时小心着对方扔过的坷垃和石块。你会听见对方的叫骂,这或许会更加激起了你的战斗意志,你一次次奋力地扔过去的那些土坷垃和石块,或许全都落在空地上了,只有很小的命中率,因为对方也在小心地躲避着每一次进攻。

这样的游戏持续下去,双方都会有新的"战斗人员"加入进来,规模会越来越大,直到打破了头,出了流血事件,或者双方村子里的大人们出来制止。没有人觉得这是一件多么了不起的事情,似乎是所有的男孩子都需要尝试的一种游戏而已。我不知道这个隔河对垒的"战斗游戏"结束于哪一年,那些秋冬里闲暇的夜晚,朦胧的夜色里,一场看不见硝烟的战场上,快乐的时光,总是如此短暂。

乡间的夜晚,却又总是漫长。记得是一些冬闲,大人们打牌,或者聚拢在一间牛屋里,燃上一堆柴火闲聊,偶尔村子里会来一个说书的艺人,那便是大人的节日了。

在大人们沉浸在自己的冬闲时光里的时候,村子上最常见的一种游戏,就是"藏蒙蒙",类似于今天网络上流行的"躲猫猫"。人员分成两组,可自由组合,也可以抽签、"石头剪子布"。或者由两边的人指定,然后,分别由两组人马分别扮演"隐蔽者"和"搜寻者",地点一般都在场院的草垛、猪圈、东邻西舍的门楼子底下,村子里,沟沟坎坎的黑暗里,都是这场游戏的好去处。

最能够迷惑对方的,还是鲁南人习称的"屋框子"——村子里有人新起的房屋,还没有来得及上屋顶,也许是财力不济了,会等上一年半载,也许会放上好几年才有力量把屋顶盖上;还有一种"屋框子"是一些上了年岁的老屋,经不起一个夏天的雨水浸泡,或者一场大风给掀去了屋顶,只剩下了东倒西歪的"屋框子"。而这些犹如迷宫一样的"屋框子",往往是"藏蒙蒙"的理想之地。你借着夜色,隐藏在一个角落里,看着那些"搜寻者",虚张声势的大喊大叫,他们"愚蠢"的脚步从你的藏身处经过,而你屏住了呼吸,正在为自己的成功"脱险"而庆幸,那真是一种充满了成就感的乡村体验。

也有被"搜寻者"轻易"抓到"的经历。事实上,这种"藏蒙蒙"的游戏,多数时候,都是以搜寻者的胜利来结束的。因为时间长了,你藏身的那几个隐秘之处,被反复地使用,也就不大灵验了。独辟蹊径的藏身之术,总是少之又少。

最后,玩儿的时间晚了,父亲,或者母亲,开始在巷子里扯着长长的嗓子,喊叫着谁的乳名的时候,大家也便兴犹未尽地散去了。

也有恶作剧的一幕,就是你按照约定藏在一个角落里,蹲在那里一动不敢动地等待着一声"抓到了"的惊喜时,那些"搜寻者"喳喳呼呼地叫唤上一阵子,似乎他们要分开头去"寻找"了。谁知他们早已经私下里约好,悄悄地各自回家睡觉去了。那些傻乎乎的"隐藏者",还可怜巴巴地在那里等啊等,等到明白过来的时候,往往时间已过去好久了。

有时说好了去"藏蒙蒙",他转身就一个人潜回家了,然后再也不出来。你在这里找啊找,到头来,他还会说你"找不到"他。

不讲理的乡村夜晚,没有谁愿意遵守一成不变的游戏规则。

自由、散乱，有时候还可以耍一些流氓和无赖。不过那个时候，我还不知道"流氓和无赖"是什么意思。我跟着这个村庄的童年一起长大，直到我离开，我都没有看清楚这些村庄的夜晚里，我人生的幼年，那些真实的欢笑和快乐，是怎样一点点消失的。

2011 年 7 月 11 日 20 点 11 分乌鲁木齐陌石斋

新村往事

新村在我们村子的南面,是 1958 年修建会宝岭水库时,搬迁下来的移民新村。新村是一个小庄子,人口不足两百人,一条南北街巷两边,分布着几十户人家,站在村口,一眼就可以望遍全村的门洞。

那个时候,我听见大人们老是说新(式)村怎么着,就觉得她是那个时代新农村建设的范式和代表。其实也就是在我们东、西水沟两个村子的南面,划出的一块空地,统一规划、建设的一个居民点。在新村的南面,隔着一条小河,还有一个比新村大不了多少的坊口村,后来这四个村子统一称为水沟管理区,耕地自然是从这三个老庄子的耕地中划拨出一部分来,给了新村的人耕种。此后的许多年里,几个村庄的人们,老是因为耕地的划界和浇水等问题纠缠不休,甚至发生过相互斗殴的群体性事件。

到了上个世纪的六十年代,我的童年记忆里,新村已经变得和我们的村子没有什么区别了。柴草胡乱地堆放在大街上,房前屋后的猪圈和牛栏一点规律也没有。我们有时候几个人闲逛,也会到新村的大街上遛上一圈。偶尔他们村上放电影什么的,我们都会早早地占上位置,有时不惜和新村的小孩打上一架。由于西水沟村是一个大村子,有两千多人,人口和面积是新村的十几倍,所以我们来到新村的土地上也有恃无恐，根本没有把新村的这几十户人家放在眼里，况且，这里本来就曾经是我们的土地。我们理直气壮地在新村的露天场地上，捡起一块石头划出几条板凳的位置，不允许新村的小孩染指，他们也就看不惯，有时便扯了大人来一起理论。我们中间有底气足的，就把自己家长的名字报上来，对方的大人听了，觉得还是惹不起，就息了鼓，找一个台阶下了。

进财是我们家的邻居，比我大上好几岁。那时，他已经上学了，认识的人就多，从村前到村后，好像都有他的同学和朋友。一般情况下，我和三哥喜欢跟着进财和他的同学一起玩。还有白四、二槐等，一伙人闲极无聊，便东村西街地逛，遇见谁家的什么新鲜事，首先是看个"二行"（俗语：新鲜、热闹），还跟着起个哄什么的。谁家有了红白喜事，那更是不请自到的一群看客。

我们喜欢往新村跑，不知道是因为顺路，还是那里的新鲜事多，总之，有事没事的，我们就会出现在新村的大街上。

一年，新村周二虎的大哥结婚。晚上闹新房，白四和二槐等人私下里在口袋里装了一把槐树上的圪针，趁人不注意撒到人家新婚的床上去了。白四还乘乱在新娘的屁股上摸了好几把，他不无炫耀地说，那新媳妇的腚上肉真多，摸得手心里都痒痒的，看他洋溢在脸上的那一副得意的坏笑，大家也都跟着羡慕地笑起来。闹新房的人慢慢散去后，我们都猫着身子，蹲在新房的窗户下面。煤油灯还没有吹灭，就传来了周二虎他哥气急败坏的叫骂声，新娘子也跟着没有好气地哭了起来。知道自己闯下了祸，白四第一个撒丫子跑人。他这一跑不要紧，引来了新村的一群狗也跟着狂吠，剩下的我们几个人慌不择路，分头躲进了角落里。影影绰绰地，我看见周二虎他哥叉着腰，站在新房的门口朝着狗声狂吠的方向，"亲娘祖奶"地乱骂了一通，没有一个人敢应声。

寒假的一天下午，我、进财和二槐、满意等人在路边追一条流浪的野狗，又不敢靠近，怕狗被追急了咬人，只远远地在后面追，大声喊叫，那狗便夹着尾巴，没命地逃窜而去。

这时，一辆自行车从我们身边的小路上经过。骑自行车的人我们都知道，这是刚搬来新村不久的中学校长周老师的女儿。周校长据说是青岛人，下放到这所乡村中学任副校长，家便安在了新村。我们放弃了对一条野狗的追击，似乎早就有的默契，我们放慢了的脚步，一下子变得轻柔了好多。我们一起将齐刷刷的目光盯着周校长的女儿，看着她骑着自行车，从我们的身边那样神奇和骄傲地一掠而过。她的姣好的身材，白皙的皮肤，还有那一头微微卷曲的长发，让人羡慕又望尘莫及。我们开始移动脚步，往新村的方向去。

我们来到周校长的院子，有两扇木门半掩着。可以看见停在院子里的自行车，透过半掩着的门缝，我们看见周校长的女儿打了一盆水，正在窗户底下洗漱。她拿毛巾和甩水的动作，都让人看着着迷。满意一定是看得最入迷的一个，因为他已经将长长的脖子伸到人家的门里面去了。站在最后的白四一脚就把满意给踹进院子里去了。这还不算，他还示意我们赶紧把门给咣当一声关上，然后是我们在门外面的捧腹大笑。

可怜的满意正看得入迷，绝没有想到背后还有这飞来的一脚。我只听得身后一阵叮当咣啷地乱响，满意连滚带爬地从院子里跑出来，喘了好一阵子的粗气才追上我们，吓得脸色都变了。最后,满意上气不接下气地说出的一句成语,让我至今记忆犹新,他喘着粗气说:"俺的娘哎,吓死了,真是魂飞魄散呀!"

满意当时上学最多不过三年级,他的嘴里怎么冒出这么一句形象贴切的成语呢?这是我能够牢牢地记住这一段往事,并百思不得其解的事情。不过,自这次满意破门而入的事件之后,有好长的时间,我们都不敢再往新村方向去了。

后来,由于人口和耕地的矛盾日益突出,新村还是又一次搬迁了。他们在我们西水沟村西南方向,一座名叫"茅埠岭"的荒丘上安家落户,建起了自己新的村庄。

2011 年 7 月 12 日 13 点 36 分乌鲁木齐陋石斋

哑巴之死

哑巴死了的消息，是我离开村子多年后听说的。那年我从新疆回乡探亲，晚饭后和母亲坐在院子里，有一搭没一搭地闲聊，无意中就说到了哑巴。可能是母亲觉得，在这个村子的记忆里，哑巴应该是我小时候的玩伴吧。说真的，要不是母亲的提及，哑巴在我的记忆里，差不多快要消失了。

哑巴是怎么死的？我追着问母亲。

可怜呀，三十好几的人了，讨不上个媳妇，一个人去"南汪"里洗衣服，滑进汪里了，就再也没有上来。等到被发现的时候，身子都被泡得变了形。母亲说的"南汪"，是鲁南土话，或者是一句古语，就是我们村子中央的一个池塘，因为在我们家的南边，我们住在村子北边的人，习惯上称这个池塘为"南汪"。

"南汪"我并不陌生。我的狗刨式游泳，就是在这个"大汪"里无师自通的。那时候胆子大，也没有人监督，看着一个个同伴们往水里跳，自己也就跟着跳下去了，汪里的脏水是没有少喝，慢慢地就有了横渡"南汪"的记录了。记得汪中间有一个小岛，夏天雨水大的时候，岛子就变小了，或者若隐若现，但很少有被淹没过。就有人说，那小岛下面住着一个神龟，所以不管水多大，都不会把它给淹没了。那个小岛上，由于四周都被一汪水环绕着，除了夏天游泳的人上去待一会儿,一年中的大多半时间,那岛子是荒芜着的,常有一些家鹅或者野鸭子在上面栖居。我们夏天游泳的时候,有经验的人会在岛子周围浅滩的紫泥里,摸出一些鸭蛋或者鹅蛋来,用满是污泥的手,高高地举着在水里游来游去,半是浸在水里的头和脸,不停地吹出大口的水柱,一摇一晃地,好一阵子炫耀。

我刚开始游泳的时候,其实我们也不叫游泳,我们管这个姿势叫"扒水"。问一个人敢不敢下水,就问他,你会"扒水"吗?那人说,我会"扒水",就没有问题了。一起去野游的时候,是谁也顾不上谁的。所以在自然状态下成长的孩子,都有很强的独立性和适应性。我当年基本上没有经过什么技能和体能的训练,就是跟着一群不要命的孩子,光着屁股从东岸的石台子上游到这个岛子上去的,中间差一点就游不动了,看着周围那些拼了老命往前游的家伙,我愣是憋了几口气,呛了几口水之后,坚持游到了终点。我的记忆里,这个"大汪"每年都有淹死人的事发生。那个时候孩子多,到了晚上了还不回家,大人才急着找人,一般情况下,孩子就像村子上的鸡鸭狗猫一样,是放着养的。

哑巴家并不住在"南汪"附近,况且,他要洗衣服的话,应该去村子北边,我们称之为"家后"的那条小河里更为方便。母亲就说,真是"该道"(鲁南土话,命该如此的意思)啊,大晌午的,"南汪"那么大,就没有一个人看着哑巴。

关于哑巴的故事,我小的时候就已经知道了。说是哑巴不到一岁的时候,高烧不退,奄奄一息,气若游丝,连哭的力气都没有了,见过的人都说这个孩子没有救了,赶快扔了吧,别让他死在家里了。家人见状,就用一床被单子包了,扔到村外的"官地"(坟地)

的乱坟岗子里去了。过了不知一天还是两天，有人路过"官地"，听见有小孩哭，还以为是遇见鬼了呢，回来就在村子里传开了。哑巴他娘放心不下，将信将疑地回到"官地"，果然见这个孩子还活着，就又抱回家来。就这样，命大的哑巴活下来了，可是由于在"官地"躺着，没有人给他翻个身子什么的，就把头给睡扁了，尖尖的脑袋像一块压扁的柿饼，并且随着年龄的增长，这块柿饼越摊越大。

我们和哑巴原来是一个生产队的，后来分了，分别成了三、四队的人，但两个队的小孩还是在一起玩。由于哑巴不会说话，整天嘴里哇啦哇啦的，又总是用手比划，加上他尖尖的柿饼脑袋，我们小他几岁的人，就有些害怕他，在村子里遇见的时候，总是躲着，或者绕开他走。大他几岁的孩子更是不屑于和他为伍。哑巴就总是一个人玩，他既不是这一伙的，也不是那一伙的。

一个人遇见了怕他，可是我们一伙人遇见了哑巴，就有了挑战或者挑衅他的勇气了。我们总是习惯远远地用一些土块或者瓦片往他身上扔，其实也不敢真的打到他身上去，因为哑巴的报复心极强，你要是把他给打着了，他一定会追着你，和你没有完。更多的时候，我们拿哑巴开心的成分居多。哑巴也有很强的进攻性，他可是捡着什么是什么，所以我们会跟他保持一个相对安全的距离来挑衅他。被激怒了的哑巴，会追着我们一群孩子在巷子里跑，往往是我们嗷嗷地叫着，跑到谁的家里，把大门一关，然后撅着小屁股趴在门缝里，看着哑巴气急败坏的样子，幸灾乐祸，半天都不敢出门。这样，哑巴就跟我们结下了"仇"，一见我们几个就追着打。而只要有机会，我们就伙起来对付他一个人。

这真是一场快乐又刺激的游戏，完全没有了人生的悲喜，不晓得哑巴一个人内心的愤怒和悲伤，他的孤单和绝望没有人理会。哑巴的世界，萎缩在这个叫西水沟村的"庄东头"，大人不待见，小孩嫌讨厌。他每天拿着一根棍子或者树枝满大街地追，嘴里发出嘶哑的喊叫，他不知道自己命运中真正的敌人，是永远也追不着的。

我出来当兵的那一年，哑巴已经二十多了。挑逗着他的，是一批更小的孩子，他似乎还没有长大，依然是声嘶力竭地追着一群孩子满大街的跑。

他出事的那一年夏天，我也被自己的命运追赶着，在一万里地之外的荒地里漂泊着呢。不知道他的记忆里，是否还残留着我们相互追逐着的那些童年的影子？他一个人，悄无声息地滑进了水里，那个清凉的世界，再也没有了追赶，或者被追赶着的屈辱，和愤怒。

2011 年 7 月 13 日 17 点 23 分乌鲁木齐陋石斋

骂街的女人

　　冬天的早晨,鲁南乡村的街巷里,散落着一些遥远年代的乡音和灰尘般的旧貌。家家户户的草屋上一层冰霜,树挂上的冰溜子在阳光下泛着坚硬的光芒,土墙上的茅草也被风给吹折了,远远近近的一场雪,还残留在南墙的背阴处,覆着一些杂乱的脚印和尿迹。唯有家家户户低矮的锅屋上,冒出的一条粗粗细细的炊烟,象征着这个村子一天的希望。

　　天冷的时候,几乎滴水成冰。每一天早晨,我和三哥都会赖在被窝里,等到母亲的锅屋里飘来了煮山芋(红薯)的味道,才磨磨叽叽地穿衣服起床。光着身子从被窝里爬出来,是需要一些勇气的,因为压在被子上面的棉衣和棉裤,经过了一个夜晚的时间,坚硬得像铁皮一样冰凉。一个又一个冬天,我们都是依靠这些无法换洗的棉衣来温暖着自己的童年。那个时候,什么毛衣秋裤之类的概念,我连听说都没有听说过,甚至,我都上学到初中了,还不知道长裤子里面是要穿一条短裤的。

　　我和三哥每人抱着一块刚从锅里捞出来的山芋,两只手不停地倒换着烫手的山芋,不停地吸溜着鼻涕,往大街上那一截太阳底下的墙根处走。邻居家的一条小狗,吱吱扭扭、不厌其烦地跟在我们的屁股后面,它要等着吃我们扔到地上的山芋皮。有一次,小狗等不及了,一下子窜上来,把我手里正在剥皮的山芋给一口叼去了跑开。殊不知,那山芋刚从锅里捞出来,内里是滚烫滚烫的,一般我们都会先用两只手轮换着捧了,借以暖手,也给瑟瑟发抖的身体输送一些热量,等到山芋表面的温度凉得差不多了,才动手剥去松软的山芋皮,大口地享用这乡间的美味。

那一条贪吃的狗,迫不及待地抢了去,便不由分说地往嘴里吞,十有八九烫伤了自己的嗓子和喉咙,便发出呜呜的叫声,在地上兜着圈子,又舍不得放弃到嘴的山芋,一边忍着烫伤,一边几口吞到肚里去了。我是很生气的,抬脚去踢那不要脸的狗,一看它那滑稽的狗样子,便已消了三分气,不知轻重地骂上几句,那狗也装着没有听见,屁颠屁颠地又眼巴巴盯着另一双举着山芋的手,低头哈腰地摇着小尾巴,看看这一次还有没有更好的运气,或者被重重地搋上一脚,踢出去好远,也未可知。

这时,我隐约看见从庄西头涌来一支混乱的人群。有大人,也有小孩。人们围绕着一个"谈迷"(乡间俗语,意即疯子),指指点点,并不时地发出一阵哄笑。那"谈迷"我是认识的,她是我们村子里的一个老太太,六十多岁了,好像还是个五保户。她几乎每天早晨,都要从自己居住的庄西头,一路叫骂着往我们居住的庄东头来。她走上一趟,骂一个来回,然后就不知所终了。

这个披头散发的女"谈迷",是怎么疯掉的,疯了多久了,我一无所知。那时的我,懵懂中就觉得这个女"谈迷"像一个可怕的魔鬼,是邪恶的化身,远远地看见她,就恐惧地跑开了。有时候调皮,就听见人说,再不听话,就将你送给"谈迷"去!一听这话,我总是吓得要命。

"谈迷"这天早晨披了一条灰色的毯子,或者是一床失去了颜色的被子。走起路来摇摇晃晃,头发上沾满了草屑,她的脸上有一块明显的伤疤,有人说是摔倒了磕的,也有人说是被人给打的。只见她嘴里慷慨激昂地叫骂着,两个嘴角上不断地蹦出来白沫子。有好事者跟着起哄,她便跟人家对着骂开了。她骂人的那些脏话,我记不大清楚,都是乡间里一些难以启齿的最恶毒、最下流的话。放在平日里,这些话很难听得到,所以大人们总是要试图把我们这些看"二行"(俗语:新鲜、热闹)的小孩吓唬着,轰得远远的。有听不下去的人尝试着去制止她,往往会招来一阵更凶狠的骂声。

　　问题是,你说她是个"谈迷",但她有时还会停下来跟你对话,问一些家长里短的,听起来也很正常。有人就说,这个"谈迷"是装疯卖傻。她看你不顺眼了,就骂得特别凶,看着顺眼的人,还会主动跟人家搭讪。我亲眼看见她走到一户周姓人家的门前破口大骂,恰巧这家的男人从外面挑着一担水归来,她不由分说上去就是一口痰,吐到人家的水桶里去了。周姓男人放下水担子,一脚就把她给踹到地上,还紧接着上去补了好几脚。"谈迷"在地上滚着,嘴里呜呜呜地乱叫,屁股上就见湿湿的一大片,沾了地上的泥土,令人不忍看下去。旁边的三婶子便抹着眼泪说,造孽啊,咋对一个"谈迷"这么狠呢,尿了一裤子,这么大冷的天,要出人命的!

　　后来,听说是住在庄西头的"谈迷"的几个本家,把她给抬回去了。

　　此后不久,"谈迷"就死在了生产队一块收获后的白菜地里了。那一场大雪,连续下了好几天。"谈迷"僵硬的身体上,覆盖着一层厚厚的积雪,她的手里是一只破损的大瓷碗,紧紧地攥在手面,怎么也给掰不开。

"谈迷"姓啥,叫什么名字?她的一生就像一个谜,那个时候的我还无从得知。她死去的那年冬天,我模糊的记忆里,只剩下了一场雪。

2011 年 7 月 15 日 15 点 41 分乌鲁木齐陋石斋

鹅毛卷地

　　我记忆中的尚岩集,在岳家村桥头有一个长长的斜坡,骑着车子往下俯冲的时候,多半会有一种凌空飞翔的感觉,用今天的话说,那应该叫"拉风"才对。如果你骑着自行车在前面"飞翔",紧跟着一辆"嘀!嘀!嘀!"按着喇叭的汽车在后面催着,或者,被一辆更"拉风"的汽车从旁边呼啸着掠过,那一份内心的紧张和刺激,是难以言表的。

　　乡村的集市,往往被称之为一个固定的民间节日。隔五天一次的赶集,不仅成为乡邻们的贸易集散地,还是四邻八乡的人们与熟人见面,与老友会晤的重要场所。逢上节日,或者农闲时节,集市上人头攒动,摩肩接踵的情形,至今想起来仍然历历在目。其实,尚岩集最早是在一条"临枣(临沂至枣庄)公路"岳家村到北尚岩的这一截。有几年被转移到了北尚岩庄后的河滩上了。还有一年,北、南尚岩两个村子争着要把集市挪到自己的地盘上,上演过一场"争集"大战。两个村子的人,分别把在南北的路口,见有赶集的人,便往自己的村子里"请"。记得南尚岩的人,还给每个进村赶集的人发一毛钱作为奖励。印象中最多的,还是在北尚岩公社驻地的大街上,那一条拥挤不堪的街道两旁,摆满了摊位,也挤满了四面八方涌来的人群。

常常见有傍晚的集市上，那些喝了点小酒，沉浸在微醺状态，一摇三晃的人，就着暮色，哼着一支小曲从田埂上归来，那可能是他在集上卖了一筐子萝卜或者一口袋地瓜干，换取的一壶酒所导致的结果。要不就是，他卖完了东西往回走的时候，一抬头遇见了自己一个好久未见的表兄，两个男人一拍即合，相约来到一个熟食摊，要上一壶小酒，一盘猪头肉，早已经忘记了一家老小还指望着这笔钱，置办下一个季节的衣物和农具。两个男人都是爱面子的人，酒喝得差不多了，还要装作很大方的样子，争着掏钱，而总有一个是叫唤得挺响，却迟迟掏不出钱来的主，或许压跟儿他的腰包里就没有几个子儿。

我在放学的路上，见过两个在集上喝醉了酒的男人，在路边的水沟里打作一团。两个满身泥水的男人，醉酒后的慢动作，你捅了我一拳，我搧上你一巴掌，那样迟缓的动作和嘴里面含混不清的叫骂声，惹来半条马路的人围观。而我认识其中一位，是我小学同学的父亲，家里穷得叮当响，而他的这位父亲却经常喝得酩酊大醉，东倒西歪地睡在村头的树底下，脸上总是新疤烙旧疤，看见他，我总是远远地，就躲着走开了。

与男人们的酒气熏天相比，妇女们总是要节俭和艰难得多。即使只是攒够了十几个鸡蛋，到集市上换取家里必须的柴米油盐，和孩子书包里的写字本，也是要一分分地抠出来的。没有人可以体会，热闹喧哗的集市总是在大半个中午过后，很快就陷入了萧条。等到了下午，也就是"下集"的时候，那些没有卖出的货，就只能等到下个集日了。放得住的东西还好，一些时令的新鲜蔬菜等，就只有贱卖或者等着那些"收底"的人，以非常低廉的价格给买走了。

也就是说，多数集市都是一个上午的喧闹。更多的时候，集市上空空荡荡，不知道一下子人都到哪里去了。多么繁华的集市上，也总有悄然无声的结局。

多数情况下，年轻人赶集还是凑热闹，赶个时髦而已。那些大姑娘小伙子们淹没在漫长尘土里的青春，总是如此短暂。他们需要赶在结婚成家之前，把自己最亮丽的时光和容颜，通过一场又一场集市，展示了给这个泡沫般拥挤不堪的集市看，紧紧地抓住这个稍纵即逝的青春的时光。也有在集市上寻找机会，私订终身的人，往往是在上一个集市上看上了一个人，再等到下一个集市，伙上三两好友，暗送秋波，死缠烂打，你推我就，一场婚姻大事就有了眉目。大多是东西两庄的人，抬头不见低头见，到了赶集的时候，才有了在人堆里浑水摸鱼的机会。

我说的是我的一位外号叫"吉米"的堂哥。不知道他这个外号是怎么来的，他的头上一撮子天然的黄毛，仿佛是染过了一样。那个时候还不时兴这个，这一撮子黄毛就成了吉米堂哥头上的污点和缺陷。有时候上街他就用自家锅底下的锅灰给染了，可是好景不长，风一吹，那锅灰就飘走了，那一撮子黄毛，还是扎人眼目。恰好吉米又是一个爱"烧包"的人，还有点"半熟"和"七页子"的味道。"半熟"和"七页子"都是我们鲁南一代的乡村俗语，大概是说这个人还没有发育成熟，和脑子里"少根弦"的意思，是我们在乡间糟踏人的话。

吉米那时候还年轻，也不知道什么时候加入到了村子里贩卖鹅毛的队伍里，骑着一辆破旧的自行车，往返于城里和乡村之间，便有了些见过世面的眼光和派头。据说,他在枣庄矿区收鹅毛的时候,捡到了一双人家扔掉的皮鞋,他在集上花五毛钱补了,回家用牙膏擦得"锃亮"。逢尚岩集的时候,本来他没有什么生意要做,可是为了展示自己的这一双"新皮鞋",他驮着收来的一筐子鹅毛,一大早,趁着大家赶集的当儿,来来回回地在集市上骑了好几趟。

赶集的人,渐渐地多了的时候,他便骑着自己的那辆破车子,从岳家村的桥头上往下冲,迎面的风也把他头上的那一撮子黄毛吹得高高的,显得潇洒而飘逸。

洋洋得意中,他看见前面有一个大姑娘俊俏的背影,便情不自禁地用手梳理了一下被风吹乱的头发,还下意识地低下头,欣赏了一下脚上的皮鞋。等他抬起头来的时候,就听见"嘭喇"一声,他自行车后座上用来固定筐子的一根木棍,从人家姑娘的裤腰处划过去了。只见姑娘的裤子被从裤腰一直给扯到了大腿处。那姑娘立时就抓着裤子蹲在地上哭起来了。

眼见自己闯了祸的吉米,赶紧刹了车回头看,见那姑娘的跟前围了一堆赶集的人,见事情不妙,便顺势连车带人滚到了路边的沟里去,一边在沟里翻滚着,一边发出喃喃的呻吟声。他车子后座上的那半筐子鹅毛,也在车子倒地的同时撒了一地,经风一吹,从沟里翻卷着,满地乱飞。众人见状,本来是要谴责他把人家姑娘的裤子给撕破了,找他赔偿的。可是,一见他连车带人都在沟里面滚着,众人就又转过头去安慰那位姑娘。说什么你看人家连车带人都在沟里呢,还不知道有没有人命?赶紧走吧,自己到集上找个地方把裤子缝了,要不,你还得赔人家的医药费呢!

那姑娘听了这一番话后,哭哭啼啼地提着裤子自己走了。

这边还有热心人围上来，问吉米伤得重不重？吉米眯缝着眼睛呻吟着，看见姑娘的身影渐渐地走远了，一个骨碌从沟里爬起来，正了正车把，也不顾众人惊诧的目光，抬腿上车，飞也似的跑掉了。

　　　　　　　　2011年7月19日13点11分乌鲁木齐陌石斋

二舅

二舅出现在村头的时候,总是要勒着嗓子,用力地"咳嗽"几声。不管围上来的是大人还是孩子,他都要正一正背上的"粪箕子(鲁南乡间的一种农具,多用来背粪土、柴草等杂物)",然后伸一伸脖子,问你:"吃了没? ",然后就斜愣着膀子,往我大娘家去。

二舅是我大娘的娘家二哥,人是好人,老实巴交的农民,就是脑子不太好使,有点"愚",用新疆的话说,就是有点"勺"的意思。一大把年纪了,也没有成个家,隔上几天,他就会背着个"粪箕子",从五六里路外的岭顶子村来大娘家背上些煎饼等吃食回去。所以,他基本上是我们西水沟村的常客,大人小孩没有不认识的。

当然,大家热情地围拢着二舅,没有把他当做外人看,还因为二舅也是一个从来没有把自己当做外人的人。他不管自己认识不认识的人,逢人就先送上个笑脸,殷切地招呼着,并且永远都是那一句"吃了没",搞得一些不熟悉他的人,或者刚刚嫁过来的新媳妇什么的,一脸羞红着,不知如何应付,自己倒不好意思起来了。

二舅每一次来大娘家的时候,并不急着进家门。他先在村东头的小马路上,靠着猪圈旁边的草垛,或者那棵结结疤疤的老柿子树,先和人打个招呼,说上一会儿话。说什么呢? 他也不管你愿不愿意听,总是不厌其烦的两个话题:盖房子、娶媳子(媳妇)。

住在家后的三大爷最喜欢和二舅"拉呱"(聊天)。三大爷叫二舅二哥,每一次,三大爷不是说有一个寡妇长得如何如何好,问二舅愿意不愿意,就是"关心"着二舅的新房子什么时间动工,说什么人家寡妇可等不及了等等。其实连小孩子都能听得出来,这都是些哄人的瞎话,可是二舅每每都是信以为真,极为仔细地打听着那寡妇的"近况",并扬言自己的新房子,就要盖好了。

三大爷一脸"真诚"的坏笑,往往引来一众围观的人跟着起哄,说那寡妇长得如何赛若天仙,催着二舅要是不赶快娶上,这个媳子就被另一个村子的光棍汉给娶走了云云。二舅便又把自己的胸脯拍得啪啪响,许诺等他结婚的那一天,请大家都去帮忙,吃"八大碗"酒席,那神情和架势,俨然那大喜的日子就在眼前了。殊不知,当时的二舅已经五十多岁,不说长得嘴歪眼斜,脑子还不全活,就是他那把年纪的人,听了都忍不住要发笑。

三大爷似乎既是二舅新婚的"媒人",又是二舅新房的"施工队长"。每次见二舅远远地过来了,他会放下手里的活计,不失热情地迎上前去,帮着二舅谋划建房和娶亲的诸多事宜。所以二舅每次在村头逗留的这段时间,基本都是在等着三大爷商量这些"重大事情"的。有时候大娘知道了二舅在村口正被众人围着说笑,便万般无奈地摇着头,一边拽着二舅往家里走,一边没有好气地数落着二舅。二舅也并不生气,自言自语地沉浸在自己美好的幸福前景里。

有一年二舅特地来找三大爷,说家里已经备下了酒肉,要三大爷找人帮他去盖房子。三大爷明知二舅又在"做梦",也便跟着一起"编瞎话",说什么你盖房子的木料和石头都还不够,说着,便指着猪圈边上的一堆碎石头，一本正经地跟二舅说，你先把这堆石头背回去，明天我就带人帮你先把屋框子打起来。二舅肯定是信以为真了，他真的把那堆从猪圈里挑出了的石头渣子装满了一"粪箕子"，吃力地背着往回走。看"二行（俗语：新鲜、热闹）"的人有些不忍了，便又想着法子，让二舅把那些猪圈里的石头倒在路边的沟里去。

二舅有时候也会用车子（鲁南乡间的独轮车）推着自己年迈的老母亲，到大娘家里来。我们便都围过去叫"姥嫜"。"姥嫜"一边被搀扶着从车子上下来，一边用手里的拐棍指着二舅说："憨子，把车子靠在门口吧。"

"姥嫜"的声音很小，沙哑又微弱。但她老人家吩咐"憨子"时的威严，却是不容置疑的。二舅也不多话，按照"姥嫜"的吩咐做了，看着"姥嫜"被人搀进院子里去，自己便在门口给我们"扯瞎话"。

我们喜欢和二舅"扯瞎话"，大概二舅当时的智力，也大抵相当于一个孩子的水平。他的最伟大的理想就是"娶妻生子"，住上属于自己的新房子。他一生都生活自己的这些理想和幻想之中，"坚韧不拔，百折不挠"。

我离开家乡的那些年，渐渐地失去了关于二舅的消息。二舅老了，我最后一次见到二舅的时候，他已是风烛残年。那是一个冬天，二舅穿着一件肥大的黑棉袄，两只手袖着抱在胸前，牙齿也已经脱落殆尽，眼睛依然是那样上上下下地打量着地面，眼神里，却是那样空无一物。他依然还是那样亲切地叫我"外甥"。我们像久别的"亲戚"那样寒暄着，当然是在他的智力和思维范围之内，再也没有了儿时的"瞎话"和起哄。

此后,关于二舅的话题,我竟然找不到一个可以交流的人了。二舅作为一个生活在乡间的"憨子",他的一生却并不孤独,也不缺少幸福感。他拥有自己一生的理想,从生到死,是那样简单。而我的回忆里却是如此的苦涩,我一个人孤单地沉陷在他遥远的往事里,想着一个"憨子"的一生是何其快乐!

2011 年 7 月 21 日 20 点 31 分乌鲁木齐陋石斋

锅屋大火

夏天就要结束的时候,似乎是一个半阴不晴的天气,我和我的两个堂弟,还有二姑家的一个表弟一起,在村子东边的小河里戏水玩耍。上得岸来,才觉得有些冷,便一个个手里拎着衣服在河岸上赛跑,嘴里面有些"嘚嘚嘚嘚"地发抖,身上的水珠子,洒落在河岸上的浮土里,一眨眼的工夫就不见了。

我们追着一只蜻蜓跑出去好远,看见它终于落在了一片米豆的叶子上,我们小心地屏住了呼吸,轻手蹑脚地用手去捉那静止了的翅膀。可惜,不知道是过于紧张还是终于没能屏住的呼吸,眼看着这一只马上就要被捉住的蜻蜓,又一次展翅高飞了。仰头看着翩翩而去的蜻蜓,我们朝泥地上"呸呸"地啐了几口吐沫,便扬长而去。

我们还遇见了好几只美丽的蝴蝶,它们从河边的草丛里,飞到一片篱笆围着的菜地里去了。不过,我们和蝴蝶没有恩怨,就像相互都不认识对方一样。甚至那些骄傲的蝴蝶在我们身边经过的时候,连眼皮都没有翻一下,看着几个光腚小子在河边的土路上气喘吁吁的,它们竟也是视而不见。对于这样美丽而又轻盈的翅膀,多半时候我们无计可施,我们的动静太大,远远地就会惊跑了它们。索性,我们也就不会对一只,或者一群蝴蝶有什么格外的想法,任它们从容地飞了,从一个夏天,飞到另一个秋天的草丛和花茎上。

经过一片菜地的时候,表弟伸着小手,艰难地从篱笆墙上拽下一朵南瓜花,举在自己的小鸡鸡下面,痛痛快快地撒了一泡尿。然后我们又合力抓住了一只小黑狗,把一只用旧轮胎做的凉鞋拴在了小狗的尾巴上,我们一起追着小黑狗在村子里跑,直到小狗的尾巴把鞋子给甩掉了,或者,我们遭到了一顿大人们的呵斥和驱赶。

多数时候,我们拎着鞋子在村子里东躲西藏。因为那个时候,不是谁家的水缸上破了一个洞,就是谁家的鸡窝里,塞满了一堆粪土。那些用蓖麻叶子包着的一包大粪,常常被一个很晚才回家的看场院的五保户,一脚踩了个正着。听到那些不堪入耳的叫骂声时,当初恶作剧般的那一点点快乐早已经荡然无存,恨不得找一团棉花,把两个耳朵全都给塞了。

这样,我们在村子里东游西转地,最后还是会回到我们家的锅屋里藏上一会儿。锅屋,就是用来烧火做饭的厨房,除了一个烧饭蒸馍的大炉灶,还会有一个用来炒菜的小灶。有一鼎鏊子是用来摊煎饼的,不用时,它会被掀起来,静静地靠在烟熏火燎的墙边上。锅屋里更大的空间是用来堆放那些晒干了的柴火的,有一些柴草已经堆放了不止一年,在锅屋的最里边,会有一股子霉味散发出来。

我们蜷缩在靠近门口一些刚刚晒干了的新鲜柴草上,眼睛望着黑洞洞的锅屋深处,心里就不免会有一些发怵。恰在这时,一只是不是受到了惊扰的老鼠从柴火堆里窜出来,迅速地又消失了。

我们就会跟着身子一紧，其实，有的人身子已经发抖了。随后便大声喊叫着，用脚，或者用一根木棍击打着老鼠奔去的那堆柴火，似乎要把那老鼠的祖宗八辈子都给赶尽杀绝。其实，这些虚张声势的喊叫和击打，并不是真的要抓住那一只惊吓了我们的老鼠，事实上我们也没有足够的能力来抓住它。我们这样声嘶力竭的喊叫和击打着柴火，更多的是借以驱赶内心里，因为一只老鼠的突然出现而受到的惊吓和恐惧。在我所有的童年游戏中，似乎从来没有抓住过一只老鼠的历史和经历。

表弟抓过一把麦草擦了鼻涕，小眼睛便滴溜溜地在我们家的锅台上转悠着。这时，他的手里不知什么时候，从草堆里扯出来一根干透了丝瓜秧子，用手一掰，发出清脆的响声。他用手掰成洋烟（香烟）的长短，用锅台上的那一盒洋火（火柴）点了，深深地吸了一口，学着大人的样子跷起二郎腿，仰面躺在柴火堆上，醉了一般的吐出一口清烟，那一股子神闲气定，着实让人看了着迷。

堂弟便也模仿着抽起了"洋烟"。他划洋火（火柴）的样子很吃力，大半盒子"洋火"差不多都被他给划光了，不知最后点着了没有。我记不得自己是否也学着他们的样子，仰躺在自家柴火堆上，美美地抽上几口"洋烟"。

我的记忆里一片混乱，是因为一场锅屋的大火，烧得我们奔逃而去，全作鸟兽散。就在表弟他们美滋滋地抽着"洋烟"，一边"吭呛吭呛"地咳嗽着的时候，首先是一股子浓烟从我们屁股底下冒了出来，接着，甚至是没有接着，那冲天的大火便蹿上了屋顶。惊慌失措中，我们一股脑地冲了出去。我们远远地站在西院二大娘家的院墙底下，看见几乎半个村子的男人和女人一拥而上，提着"筲"(水桶)，端着盆子，从"东大汪"(水塘)里舀了水，浩浩荡荡地往我们家那间冒着黑烟和火舌的锅屋上泼去。

大火很快被扑灭了。人们成群结队，议论纷纷，仿佛刚刚结束了一场消防演习。我甚至还从某些人的脸上看到了兴奋和激动的神情。或许是这个村庄太久的宁静了，太需要一些"惊天动地"的大事，来搅动一下人们就要麻木的神经。

我呆呆地躲在二大娘家的墙根底下，用一只手捂着脸上火烧火燎的疼痛，似乎过去了好久，才被人连拉带拽地接回家去。至于是否挨了一顿暴揍，我已经完全没有了记忆。我的记忆里，全是这一场从锅屋里蹿起的惊天大火。

2011 年 7 月 24 日 10 点 53 分乌鲁木齐陨石斋

洋油米汤

时近傍晚，天色里的一抹夕光，照着南沟崖稀疏的树林子，黄昏的几只归鸦，在树林飞来翻去。南沟崖是我们家院墙南边上的一条小河沟，崖畔上不规则地分布着柳树、杨树、椿树和槐树等。春夏秋冬，这一条泥土般的"悬崖"和树木，都是我眼睛里最熟悉的风景了。

就要天黑了，也是生产队收工回家吃晚饭的时光。

此时我和三哥却趴在南沟崖上，经历着一生中最为痛彻的生死呕吐。三哥痛苦地抱着一颗槐树，涕泪齐出地呕吐着，已经无暇顾及我了。他吐得比我严重，几近昏厥。最先发现我们的是从菜园里归来的大姐。她一见我们兄弟两人吐成了这样，立时吓得大哭起来，呼天抢地叫来邻居们，把三哥和我往院子里拖，有人很快叫来了村子里的医生"二代夫"。

乡村医生"二代夫"，根据他多年的行医经验，断定我们兄弟俩是得了一种当时流行在村子里的"瘟病"，并强行给我和三哥灌了他自行熬制的药汤。如此反复，呕吐不但没有止住，反而更加严重了，记得三哥的鼻孔里都喷出了药汤。

事情的转机，是听到了消息后急急慌慌赶回家的母亲。她说她老远就闻到了一股子洋油味。洋油就是我们乡下晚上用来点灯的煤油。她第一个跑回屋里,查看了那半瓶子"洋油",然后满是疑惑地说,该不是两个吃屎的孩子喝了"洋油"吧? 于是众人又开始给我和三哥灌清水……后来母亲说,吐得我和三哥小脸蜡黄,眼泪鼻涕地直往下流呀。

当时好多人还蒙在鼓里,怎么也不会想到,我和三哥因为贪嘴,错把高高地放在条案上一瓶子"洋油"当成了豆油,导致了这样一场关于"瘟病"的恐慌。而自知闯了祸的大姐,除了在一旁抽抽嗒嗒地哭泣之外,没有人去理会她内心的委屈和恐慌。当时家里人下地干活的时候,把大不了我们几岁的大姐留在家里,照看我和三哥。大姐早早地烧好了一锅"米汤"(大米稀饭)后,熄了锅底下的火,盖上锅,吩咐我和三哥在家里玩儿,她又忙着去菜地里了,估计是去摘一些茄子、米豆等晚上的菜。

家里只剩下我和三哥的时候,三哥就动起了喝"米汤"的主意。说是"米汤",实际是米少汤多。一家人吃饭的时候,吸溜吸溜地,往往只是听见喝汤的声音,盛到每个人碗里的米,总是有限的。可能就在那时,我们有了趁着家里没人,先下锅给自己捞上一碗"厚的"(稠的)喝的习惯,等大哥二哥和母亲他们回来了,明明知道这米汤是被动过了手脚,也都心照不宣地过去了。有时候是做好饭的大姐,先给我和三哥每人从锅底里捞上一碗,再往碗里滴上几滴子豆油,从咸菜坛子里夹上几根萝卜缨子咸菜,在碗里来回地搅了。等不及一碗"厚厚的"米汤凉下来,我和三哥,就争先恐后地喝到肚子里去了。

现在回想起来,极大的可能是大姐烧好了"米汤"以后,先给我和三哥每人"捞了"一碗,又往我们的碗里滴了几滴豆油,夹了咸菜，吩咐着我们在屋里喝着，然后自己去了家后头的菜园。而我和三哥看着大姐远去的背影，望着碗里的油花，又看看高高矗立在条案上的油瓶，肯定是"心有灵犀"，动起了"豆油"的主意。

油瓶肯定是三哥踩着小板凳上去拿的。那时候三哥的主意比我多，我们在一起的时候，几乎都是他来拿主意的。朦胧的记忆中，三哥先是往我的碗里"倒"了"豆油"，然后又给自己的碗里"倒"，还没有忘记安慰我说："你看，你碗里的多吧。"因为按照我们家里的原则，每一次分食东西的时候，我的那一份总是要比三哥的多一点点。我心满意足地点了头之后，三哥收起了油瓶，踩着小板凳又把油瓶子放回原处。

我和三哥做这一切的时候，尽管是在自己的家里，心里面还是有一种做贼的感觉。所以总是偷偷摸摸的，生怕被家里人发现。因为豆油是家里用来炒菜的，平时省吃俭用，饭都吃不饱的时候，豆油更是稀罕物。记忆里，一年之中，总是缺油少盐的日子多。记得一年夏天，家里请来伯父、三叔和四叔修屋顶，就是用一些新麦草把屋顶上面漏雨处的麦草换掉。选一个好天气，重新和了泥巴，泅了麦草，搭上乡村里自制的脚手架，爬高上低地干了一天活。晚上吃饭的时候，母亲苦笑着说，没有油了，四个菜，最后的那一盘子地蛋（土豆）丝，是用盐水炒的，没放油。四叔自嘲地说，今晚就数这盘子"地蛋"香。

自嘲归自嘲，没有油炒菜的日子总是苦涩的。所以那个时候，往自己的饭碗里滴上几滴子豆油，是一件多么美好而又奢侈的事情，也有一种犯罪般的罪恶感。三哥比我大一岁，所以他带头往我的碗里"倒油"，是要承担一定的风险的。三哥的心急慌乱也是可以理解的。这时,三哥犯的一个致命错误就是,他错误地把那瓶和豆油瓶长得几乎一模一样的"洋油"瓶子,当做豆油瓶子了。原来,我们就着咸菜,狼吞虎咽地喝下去的那一碗"厚厚"的米汤里,飘着的油花子,不是豆油,而是晚上用来点灯用的"洋油"。

放下碗,我们就心满意足地跑到南沟崖上玩儿去了。不知道什么时候,是谁最先吐出了第一口。紧接着,那一声声剧烈的呕吐,便再南沟崖的小树林里,此起彼伏地奏响了这个村庄黄昏的乐章。

问题是我一直纳闷,我和三哥同样是喝了一碗米汤,他为什么会吐得那么厉害。多年后,已经落户广州的三哥和我聊起这件往事,他不无愧疚地说,实际上,在给你的碗里滴完油后,你就迫不及待地埋头喝去了,趁你没有注意,我往自己的碗里,又多倒了一些油,哪里知道,我们都误把"洋油"当成了豆油,我还以为自己占了多大的便宜,实际上我只是比你多喝了些"洋油"而已。

我恍然大悟。禁不住一阵狂笑,泪水也顺着眼角的皱纹,弯弯曲曲地流了下来。

2011 年 7 月 29 日 05 点 59 分乌鲁木齐陋石斋

我的魂丢了

我的魂丢了。应该是那个夏天的午后,我从学校里回到家,就把书包往床上一扔,甩掉身上的衣服,赤条条地往家后的小河边跑去。天气已经不再炎热了,但放学后先洗个澡的"惯性"还要持续一段时间。河边洗澡的人明显少了许多,三三两两的,大多是像我一样放学后泡在水里的孩子。

河水并不宽阔,也还算得上清澈,缓缓的流水在温吞的阳光下,见不到一丝波纹。我来到经常下水的老地方,先抄了一捧水往自己的胸脯上撩去,也借以适应一下水温,然后就一个猛子扎下去,按照惯例,我会闭着眼睛憋住气,一直在水里游到对岸去。因为河水不会太深,大多会淹过自己的肩旁,抬起头来,一脚就可以踩到河底的细沙,所以一般而言,我会让自己一口气在水底下游到对岸的草丛里去。

这种来来回回的"潜泳"游戏,是我们在乡间戏水和比赛的最主要科目。有时候有人会偷懒,游到中间的时候抬起头来换一口气。后来我们就发明了一种相互监督的方式,就是大家手牵着手在水底下游,你一抬头,大家就都可以感觉到了。这是一种有效的监督方式,可是在人少的时候,或者对方并没有要和你比赛意愿的时候,你就只能自己监督自己了。

我来到河岸的时候，并没有发现有自己熟悉和经常比赛的那几个人。我有一些孤单地一个猛子扎到了水里去。扎到了水里，就有些犹豫不决。我的两只手心不在焉地在水底下划拉了几下，心里面便有了几分悔意，也不知道是在一种什么样的情景之下，我一反常规，竟然在水底下睁开了眼睛。只是一眼，我便在浑浊的水声里望见了那一抹幽蓝。那一抹恐怖的蓝色，像极了传说中的水下的阴魂。在我们村子的周围，或者说，在我整个童年的成长史里，遍布着各种鬼怪和阴森恐怖的影子。

我一下子就从水里面冒了出来，大约是在河中心的位置，是一个漩涡，我一脚踩下去，脚底下更是一摊软乎乎的泥沙，这更加剧了我的恐惧。几乎是连滚带爬地往回返，甚至还在慌乱中呛了几口水。我上得岸来，便急急地往家里赶，我没有敢回头望一眼那一抹幽蓝里的河水。

我受到了如此的惊吓，没有被一个人发现。远远近近的戏水者，大都自得其乐。我急匆匆地往回赶的时候，还会迎面遇上一些熟悉的面孔，他们也在朝着那一条河水的方向，像一些游动的魂，在那条浮土泛起的土路上飘着。

我的脸色一定难看极了，像一个真正的失魂落魄的人。我受到了惊吓，却无处诉说，更没有奢想过得到一些精神上的安慰。我一个人怀揣着这个下午的恐惧，吃饭睡觉，然后进入夜晚最安全的梦境里去。我开始神情恍惚，昏睡不醒，甚至第二天早晨也忘记了上学。一连几天，我都这样无精打采地似睡还醒着，并开始伴有低烧。

母亲发现我"病"了的时候，已经是三天以后了。她用那双沾满了菜水的手背,贴在我的脑门子上,嘴里面念念叨叨地说,这孩子病得不轻。但母亲并没有把我领到村子的"药铺"里去,而是听信了邻居的建议,在一个日落西山的傍晚,牵着我的小手,到了二里地之外的史家庄,一路打听着,来到了一个堆满了柴草的小院。

母亲隔着门缝往里瞧,一边怯生生地敲打着生锈的门环。

等了约有一袋烟的工夫,从堂屋里出来一位拄着"把棍子"的小脚老太太。老太太一脸的不耐烦,没等我母亲说明来意,就忙不迭地挥舞着手,示意我母亲不要说了,赶快走人,嘴里还不停地咕哝着什么。

母亲用了几近哀求的口气说,大嬷(鲁南话,大娘的意思),您行行好吧,老庄四邻的,找了您老一下午了。老太太语气和缓下来,让我们到院子里的树底下坐了。似乎是自言自语地说,朝代不同了,现在不兴这个(指当时流行在乡下的"神仙看病"),你给他瞧好了病,他还去告你。言语里,满是无奈和委屈。母亲只好前言不搭后语地应诺着。

见老太太换了口气,母亲连忙递上专门在代销铺里称的二斤点心。老太太一副不屑一顾的样子,只从眼睛的缝隙里,挤出些多余的光来扫了一下。母亲赶紧把点心放到不远处的锅台上去,并顺手赶了一下正要往锅台上飞的芦花鸡。转过身,母亲拉着我的手走到老太太跟前,说了我这几天,光想睡觉,不想吃饭的"症状"。

记忆中,老太太似乎什么都没有问,只是用手在的脑门上扒拉了一下,翻了一下我的眼皮子,一边听母亲说着,一边语气坚定地说:"掉魂了,在您宅子的西北方,河里。"

母亲将信将疑,我却听得心惊肉跳。难道这满脸褶子的老太太,真是神仙下凡和附体了,竟能在这样短的时间内,看到了我的魂,和我丢掉魂的那一条小河。我赶忙说了几天前,自己下河洗澡的那次经历,老太太更是不容分说地一挥手:这就得了,没有别的事,准备"叫魂"吧。

"叫魂"是一种简朴的乡村仪式。母亲向老太太请教了一些注意事项,仿佛领了神谕一般,千恩万谢地告别了那个拥挤在柴草堆里的小院。

第二天傍晚,在奶奶和一个远房大姨的协助下,我手里拖着一把扫地的大扫把,被母亲和奶奶她们前后拥着,并不停地祷告着,缓缓地从家里往家后的那条小河边去。到了河边,母亲问清楚了我下水的地方后,她们便摆上供品,点燃了一大摞子折叠的黄纸,一通语焉不详的祈祷过后,依然是让我拖上扫把在前面走,母亲和奶奶开始用长一声短一声的村腔,呼唤着我的乳名。

在这个缓慢的仪式中,不知道什么时候,聚集了不少的"观众"。已经上学的我,就有了几分羞涩和难堪。尤其我一抬头,还看见了好几个同学也在其中时,顿时让我羞愧难当,便急急地加快了脚步,不顾母亲和奶奶的声声呼唤,直直地往家里走去。

说来也怪,经过了这一番"叫魂"之后,我的魂真的就回来了。很快,我的病就好了。但再去河边"洗澡"的时候,我总是要有意地躲着自己曾经"掉了魂"的那一片水域。或者我干脆就蹲在河边的浅水里,再也没有一个猛子扎到河对面的勇气了。我的"魂",曾经在它的一汪深水里"停留"了好几天呢。

大概是一九八七年的春天吧,我在新疆的一个连队阅览室里,从《人民日报》上看到了一条惊人的消息,说是流经苍山县尚岩乡西水沟村的一条无名小河，无意中被人发现是一条"神河"，喝了以后可以包治百病。传说一个哑巴喝了这河里的水开口讲话了，一个瘫子竟然站了起来，一个双目失明的人，用这神水洗了，也看见东西了。就这样一传十，十传百，十乡八里的人，拥满了整条河流。人们用塑料壶把水装满了，再将已经浑浊不堪的河水抄起来往嘴里拼命地灌。一时间，落寞的小河名声在外，河边的一棵槐树也跟着沾了光，上面系满了大大小小的红布条，远远地看去，像一树飘动的火焰。村子里更是有人做起了生意，有人专门批发塑料壶，有人在河边搭了草棚子开起了"旅社"，还有人在河边开起了"饭店"，各种买卖一应俱全。后来村里给我说，那时河水里挤满了人，马路上的各种车辆挤得水泄不通，那真叫一个热闹呀。

此事惊动了县乡政府，据说是采取了强制措施，才得以取缔。我当时远在新疆，记得报纸上还附了一张人们争相从河里取水的照片。看到自己小时候洗澡的那条名不见经传的小河里，竟然流淌着如此奇妙的"神水"，觉得又惊又喜，联想到自己曾经在河水里"丢魂"的经历，更是感慨万千。

多年以后，当我在一个细雨霏霏的傍晚，再一次来到河边的时候，我看到的是一段早已经断流的河床上，断断续续的雨水下面，一些再也无法流动的河水。我不知道曾经在我的生命里，缓缓游走的河水，是从哪一天开始断流的，就像我人生的荒芜一样，那些最初的记忆，已经无从寻找了。

2011 年 8 月 2 日 19 点 50 分乌鲁木齐陋石斋

城前澡堂

　　我在河水里洗澡的时代,结束于我当兵到新疆来之后。乡路绵延不绝,自此之后,那一条缓慢的小河,却慢慢地流淌成一场永不归来的旧梦。那些热天里的奔跑和浸泡于河水之中的忘我时刻,俨然成为我久远年代里的一场场梦境。

　　说到洗澡,在那个"遥远"的年代和清贫的记忆深处,倒真还有过一次在冬天里泡澡堂子的经历。离家七里路远的城前村有一处砖窑,每一次去姥姥家北漫溪时,都要从那直插云霄的烟囱旁边经过,后来不知听谁说,那里开了澡堂子。

　　大约是过年前的一天,进财、二槐还有我的堂兄爱民、我和三哥,相约着一起去洗澡。记得澡票是两毛钱一张,临行前,三哥向母亲要了五毛钱揣在身上。我们沿着史家庄、北尚岩、峰下沟等几个村庄的河道和田间岔路,在冬麦和严冬的山芋(红薯)地间的"油烟"(鲁南土话,形容窄而细长)小路上,欢快地走过。那些河道里结满了薄薄的冰碴子,用脚轻轻地一踏,便听见咔嚓咔嚓的响声传出去好远。而爬上河堤,沿着麦地和越冬的山芋地边上,那一条被行人踩出来的"油烟小路"上,弯曲且泛着白光的路面,早已经被踩得坚硬和生冷了。

　　城前村是我大姑的家。可是不知怎么,我记忆里很少有到她家里走亲戚的经历。那时大姑父在郯城县粮食局工作,只有大姑和几个没有成年的表姐住在村子里。大姑每年回去看奶奶的时候,总是会带着一垸子馍馍和烧饼什么的。由于父亲去世早,一般都是由伯父、三叔、四叔等他们几家接待,事后,总要分到我们家几个烧饼或者馍馍什么的。有一年八月十五(中秋节),过去很久了,奶奶用手绢包着一个表皮已经皲裂的馍馍,说是大姑送来的。奶奶走后,母亲望着那个馍馍好一阵感慨,她把那个馍馍按在桌子上,像切西瓜一样,把那个已经变得有些坚硬的馍馍切成了五份还是六份,全家每人一份。分到我手里的就是一小牙。我用两个手捧了,一小口一小口地咬着,在嘴里反复咀嚼,一点点地咽下去,那干馍馍的绵香,存留在口齿间久久不肯散去。

母亲不允许我们家里的任何一个人到"城前"的大姑家里去,说是别把咱的穷气"扑"了人家。母亲说这话的时候,明显是带着情绪的。早几年二哥在从姥姥家回来的路上,下了大雨,便拐到大姑家避雨。吃饭的时候,二哥吃了两碗米饭,还想再要盛一碗的时候,大姑说,怪不得粮食不够吃的,这么能吃。也许是说者无意,听者有心,二哥回家把这话说给了母亲,母亲一下子听出了这话里的"意思",把二哥责怪了一番之后,吩咐我们几个人,无论到什么时候,就是饿死冻死了,都不要到大姑的门上去,再穷,也别让人家瞧不起! 这是深深的自尊,还是无法承受的伤害? 穷人的尊严,有时候比那充满了优越感人,更需要特别的呵护。

我和三哥怀揣着五毛钱去洗澡的时候,母亲特别交代,洗了澡就回家。她还是害怕我们禁不住拐到大姑的家里去。

我和三哥路过大姑家门口的时候,谁也没有停下脚步。

我们洗澡的地方，就是当时砖厂的大烟囱下面。一间屋子吊着厚厚的门帘子，进去之后，存了衣服，便沿着云雾缭绕的水蒸气，进到一间大房子里去。房子中间是一个大水泥池子，里面已经满满当当地挤满了赤身裸体的人，我们几个人第一次进到这样的"澡堂子"，算是开了洋荤。试了水温之后，便纷纷用手紧紧地握住下身，说是这样便不会被热水烫伤，慢慢地适应着热水的温度。

　　其实刚一进到澡堂子里的时候，我就有一种被窒息的感觉。密闭的空间，拥挤的人群，加上难闻的气味，以及一池污垢飘荡的洗澡水。但是当时我还来不及想这么多，相互拥挤着下到澡堂子里的时候，褪去厚厚的棉衣之后，这滚烫的洗澡池里，是一份多么奢侈的浸泡。适应了水温，这几个来自乡下的穷小子——实际上这个澡堂里也没有一个城里人——便学着在小河沟里一样做各种游泳的动作，虽然人多展不开手脚，但那一分惬意还是蛮让人享受的。甚至在我身后，一向调皮的爱民还模仿着青蛙的叫声，咯——咯——咯——咯地叫了起来。起初是他一个人在叫，随后是我们这几个人参差不齐的叫声连成了一片。坐在池子边上的大人们估计也相互不认识，便不好制止，但我们还是听到了来自池子周边的不屑和小声责骂的声音。

　　我们说是来洗澡，还不如说是泡澡更合适。因为我们毛巾香皂什么都没有带，也没有条件带。我们只是赤身裸体地在热水池子里浸泡了一通而已。但这对于整整一个冬天不知道洗澡为何物的乡下孩子来说，已经足够了，毕竟这还是开天辟地的第一次。

　　春节过后，"城前"的这个澡堂子，我们又来过一次。后来，就再也没有听说洗澡堂子的事了。后来这个砖厂也停工了。再后来，在砖厂的位置上立起了一块碑,上面赫然写着"鄪国故城遗址——山东省省级文物保护单位"。

原来,这个在当时颇具规模的砖厂,就建在这个距今已有四千多年的鄪国故城遗址上。想必当时的决策者,正是看中了这一座高大的夯土城。作为制砖的绝好原料,这个古老的故国城池,被再一次当做建筑材料燃烧了好几年。那么当时这个砖厂是属于哪个村子的呢?是城前村,还是故城后面的城后村?或者这么大规模的一个砖厂,断然不是哪一个村子能够办得起来的,它应该属于当时这两个村子的上级——苍山县向城公社吧。

多年以后,我有幸登临过这座早已经种满了庄稼的"故城"。瓦当遍地,满目焦土,但依山傍河的古城气象,一点也没有因为时间的久远而变得有半点的萎缩。在我曾经洗澡的地方,那一面整齐的,被铁锨、镢头刨开的生土,渐渐又恢复了原色。古老的城墙,曾经千疮百孔的躯体上,布满了悠远的疑云。

历史有时候免不了迷雾重重,也充满了误会。在那个懵懂未开的岁月里,我借着一池浑浊的热水,洗过一个冬天里的澡。那个在特殊年代里兴办起来的砖厂,早已经不知去向了。而大姑家所在的城前村,似乎也没有因为这一座故城而声名鹊起,一切又都恢复了往日的平静。

只是,我常常念及年迈的大姑,已经九十高龄的老人了,一个人孤独地住在村子里。她和我那早逝的父亲一母同胞,在祖母撒手而去后,是大姑一手拉扯了年仅三岁的父亲长大成人。今天,关于父辈的记忆恍如隔世,他们生活的那个时代,离我是如此的遥远。

是呀,父亲和母亲,相继去了那样一个遥远的地方。再也回不来了,没有人会重述这段残缺的历史,它的被遗忘的速度,也绝不会因为我的这些谬误百出的叙述而减缓。我只是想,我能够复述的这些记忆,希望不要过于迅速地离我而去。

2011 年 8 月 8 日 17 点 52 分乌鲁木齐陋石斋

山林童话

　　我在城前澡堂子洗澡的那一年，去了一趟城后。我们借着洗浴后的兴奋在冬日的暖阳下，结伴爬上了城后村东的山顶。据说，此山系古鄫国的贵族墓地。也许是年代过于久远的缘故，我们在山石间攀缘而上的时候，冬日的树林间，偶有山风从耳边吹过，山上的林木一派萧然，哗哗的风响，更显出了山野的肃穆和寂静来。

　　城后村子比城前大一些，中间隔着一条浅浅的小河。贴着城后村前的山路，一直往东走，不到二里路，就到了黎邱村。加上城前庄前的那条行人稀少的土路，在我整个的童年远游中，构成了一幅经年不曾褪色的凝固的画面。

　　从我们家西水沟到二十里路外的姥嫜家北漫溪，这里是一条必经之路。那个时候家里穷，最愿意去的就是姥嫜家。有时候跟着大人去，有时候自己也偷偷摸摸地往姥嫜家里跑。可是，毕竟是二十几里的山路，那是我童年的记忆里，一段漫长如童话般的路途。

　　有一年冬天，姥爷来家里，吃完晚饭的时候，太阳已经快要落山了，可是倔强的姥爷非要赶回去。恰好，我和三哥都愿意跟着姥爷走，姥爷显得很高兴，就带着我们兄弟两个人上路了。我们一左一右地牵着姥爷的手，或者一前一后，环绕着姥爷，往那个遥远的远方走。姥爷一路少话，或者他正在思考着关于人生的重大问题，偶尔会从腰间抽出那杆烟袋,点上火,边走边吧唧吧唧地抽起来,不小心呛着了,便没有命地在山路上咳嗽起来。

太阳完全落山的时候,还会有一些朦朦胧胧的光亮在山野间笼罩着。这个时候,姥爷顾着自己埋头抽烟想自己的心事,我和三哥便慢慢地害怕起来,脚下便多了几分小心和谨慎。那个时候,我们走过的那一条山间小路,便是横亘在城前和城后这一座"大山"之间。

后来我自己也无数次地从这条山路上走过,即使是在白天,走在这一地碎石和落叶铺地的山路上,我都会不由自主地加快了步伐。树木森森,山路寂然,悠长的一条山路上,鲜有行人。其实去往姥嬷家还有一条大路可走,就是沿着城前往东,拐入南陈庄,经黎邱的那一条沙石公路上,还不时有汽车鸣着长笛呼啸而过。

可是,沿着乡村的土路一直这样走下来,那个时候,多么宽敞的大道,也比不上一条山间捷径的诱惑了。并不是因为山里的美景,在那个两条腿走路的年代,能近一点比什么都重要。

如果是在夏天麦收前后,走在山路上,抬头就可以望见那些悬挂在枝头的青黄相间的杏子、桃子等等。假如是有人结伴而行,我们定会捡起了路边的石头,往树上一扔,就等着在树底下捡杏子吃了。有时也可以站在树底下使劲地摇晃,让那些树梢上的果子,哗哗哗地像下雨一样落下来。

但多数时候,这条山路是寂寞的。尤其到了秋天,树叶快要落尽了的时候,光秃秃的树枝上,还会有一些没有被山人采尽的柿子,会像一盏盏孤独的灯笼那样,在远远近近的山坡上挑着。透过稀疏的山林,我一次次目睹着这些山野间的光亮,想象着自己无以超拔的命运,一个人,在这条山路独自行走。

柿子橘红色的光亮,或许要一直点亮这个山野的漫长冬季。因为接下来,整个大山都沉寂了,只留下了这些被遗忘的柿子。它们或许是由于当初的青涩,或者是由于品相的差异而被有意无意间给落下来了。山人们面对一片片广大的山野,往往无暇顾及这些被遗漏的浆果,便美了这一片山野,还有偶尔过路的山外的行人。

当然还会有一些梨树,那是一些野生的梨树吧?一般梨树会比杏树和柿子树高些,也会比柿子树更显得清瘦和高挑,更像是一些清高的隐士。梨树在山林中少得可怜,也往往离这条茅草环绕的山路要远一些,但是,经常走山路的人,还是一眼便可以认得出来。我见过的一棵梨树,在夏天的时候,我从它的树底下经过一次,梨子才刚刚拇指般大小,仿佛也才刚刚凋谢了梨花,风摇在枝条上,还会有一股子梨花的清香在山林里飘过。可是,等到我秋天再一次经过它的时候,满树的梨子已经不见了,好像是刚刚经历过了一场命运般的秋霜,就连那些枝条上的叶子,也发黑发暗了,完全失去了植物的光泽。

我仰着脖子在梨树下张望的时候,竟然看到了高高的树梢上,一个像树叶一样发黑的梨子,紧接着是两个、三个……我欣喜异常,连忙找来一截树枝,趔趔趄趄地往那树梢上扑打。但这是徒劳的。梨子的稀少和秋霜后的掩藏,很好地保护了这些山野里的果子。我在想,也可能是因为他们长在树梢的顶端,没有被人们轻易地够着,才在这场秋后的寒霜里,得以完美地悬挂在枝头。

其实我是喜欢吃梨子的。我吃过这些被秋霜打过的梨子,那皱黑的梨皮和着瓷实的果肉,一口咬下去,那种苦尽甘来的甜,是被浓缩了的。所谓劫后余生,大抵是说这些被一两场秋霜打过了的梨子吧。

时光已过去了那么久,我到底还是没有进到城后的村子里去,我只是在她村东边的山头上,向着炊烟袅袅的一片山洼里的房舍张望过一阵子。那个时候的城后村,茅屋贴着高低不平的山石,草垛上蹲着谁家的一只老母鸡,层层累累的石头墙,一直延绵到山后的树林里去。

我对城后充满了好奇,后来,我的一位堂嫂就来自这个神秘的村庄。几十年过去了,不知我幼年山林里的那一副梦境般的童话,是否改变了模样?

2011 年 8 月 12 日 18 点 45 分乌鲁木齐陋石斋

西望凤凰山

  凤凰山就是西山。站在村东头的高处,穿过村子里的迷雾和房前屋后的树梢子,西山的轮廓清晰可见。西山距离西水沟村有三四里路,但却不属于西水沟村。在我的童年记忆里,这座被称之为西山的凤凰山,归属一个叫沟西的村子。

  凤凰山不像我们南山上的石头是红褐色的,它山上的石头是青色的。从山势上来说,它也要比我们的南山要高大一些。沿着村西的一条小路,我跟随着童年的时光,不知道有多少次爬上过这座西山的经历。那是一些阴雨天里,跟着吵吵闹闹的人群去西山上捡一种叫"地角皮"的绿菜。要赶在雨停了之后,太阳还没有出来之前,或者太阳出来了,还没有毒辣辣地晒热地皮的时候,所以就有了一种急慌慌的紧迫感。往往是还没有等雨点儿停下来,就忙不迭地唤了三五伙伴,戴上"席架子"(鲁南乡间的一种斗笠和席帽),挎上提篮或者粪箕子,手上再拿上一把铲子或者铁钩之类的家什,那就更得劲了。

  "地角皮"是一种雨后疯长的菌菜,在西山的荒草坡上,就着星星的雨点,一阵子就可以采满一提篮子。用来炒鸡蛋,或者炖了肉吃,想一想,口水都要流出来了。可惜我们那个时候,一年中的大多数时候是吃不上肉的,偶尔炒个鸡蛋就已经算是奢侈的了。

多数人家采回来的"地角皮",都是用了碾成饼的黄豆,做了"渣豆腐"吃,用煎饼卷了,双手抱着,一口忙不迭一口地咬着,那是一种何等的乡间美食。

而雨是说停就停的,太阳也就是一眨眼的工夫就出来了。所以,在西山上捡"地角皮"的时候,往往是"席架子"上的雨水还没有来得及滴干净,毒辣辣的太阳就晒得火急火燎了。这个时候,捡"地角皮"的人们,就随手薅几把湿地上的青草盖在上面,慢慢悠悠地往家走了。

当然不仅仅只是"地角皮",还会有一路上的逮"姐遛龟"(禅蛹)和"水牛子"等附带的活儿。往往,一场大雨过后,在去往西山和回来的路上,也都会有不错的收获。用油炸了,或者炒了吃,那多半是不敢奢望的,多数时候,我们就把这些"姐遛龟"和"水牛子"放到鏊子底下或锅底下的草灰里焐着,等不了多大工夫,金黄焦酥的"姐遛龟"和"水牛子"就捧在手里了。

这是那些夏天里,我能够望见的西山的路上,雨水灌满了山芋(红薯)地。洋槐和一些孤单的白杨树,站在一些沟渠的高处,打量着因为贫穷和无力改变命运的人们,在这些山野间疲于奔波。他们的快乐是那样简单和稀少,他们追逐着幸福的方式,是那样笨拙和简朴。

可是,我还是记住了那些漫长的冬天。跟着姐姐和她的小伙伴们,去往西山上刨柴火的幼年往事。姐姐们吃了早饭,背上各自的粪箕子,一把镢头,还有一块笼布包着的煎饼咸菜。顶着冬日里的暖阳,或者凛冽寒风,她们头顶着一方折成了三角形的红色或者绿色的围巾,穿着一身肥大的棉袄和棉裤,兴高采烈地出发了。

她们相互开着玩笑，不忘拿谁家的儿女情长逗着乐子。我就像一个时常被忽略的小不点儿，在她们的身后一言不发，或跟着傻笑。

我还记得姐姐的那几个童年伙伴的名字：芝兰、恩、三妮……她们那个时候也就是十二三岁的模样。作为乡村的女孩子，都还没有到婚嫁的年龄，又大都是早早地辍了学的，便成为家里烧火做饭、喂猪拾柴的主要承担者。好像也没有什么约定俗成的东西，女孩子到了这个年龄，就不由自主地承担了这些"顺理成章"的家务活。如果再加上家里的兄弟姐妹们多一些，这些姐姐们的命运，就更逃不出这样的乡村伦理了。不知道那个时候，她们各自的内心里，是否想过了自己的处境和未来。

到西山上"刨柴火"，就是用镢头在山上的碎石间把那些趴在地上的茅草呀，芨芨草什么的连根刨起，抖落掉粘连在草根上的泥土之后，一片一片地摊在石头上晒着。等到下午，太阳落山之前，这些已经被晾晒了一天的茅草和芨芨草们，会被集中到一起，姐姐们魔术般地把那些远远超出了粪箕子容量和体积的"柴火"，整齐而结实地"按"到粪箕子里去。看着她们背起那一座座小山一样的"柴火垛"，在夕阳的辉映下，步履艰难地在山坡上移动，我只是帮姐姐扛着一把镢头，满面羞愧地往家里走去。

这样的拾柴岁月，总是那样匆忽而短暂。就像姐姐们的青春和少女时光，匆忙和短暂的令人扼腕。我不记得去往西山的路上，这样的冬天里，那些荡漾在姐姐们心间的快乐时光是什么时候消失的。那些停留在山间的，少女们的梦想，远比不上一只偶尔在山石间被惊飞的小鸟，她们展翅高飞的远天阔地，早早地就被自己的命运给圈定好了。

我大约知道姐姐的那个叫三妮的好姐妹，年纪不大就出嫁了。她嫁的是一个比自己大了好多的男人。没有办法，她也有一个老大不小的疤瘌着眼的哥哥，为了成全哥哥的婚事，她成了这门"换亲"的羔羊。临出嫁的前些天，三妮来到我们家，和姐姐两个人在屋里待了整整一个下午，出来的时候，两个人的眼睛都是红红的。姐姐说，三妮的命真苦，可她有什么办法呢？她曾经想到过死，可没有勇气，她跟姐姐说，那个时候，她多么希望能够有一个人带着自己远走高飞，到哪里都可以，越远越好。可是，她终究没有等到一个可以带着自己远走高飞的人。

　　姐姐说，她如果是一个男的，一定会带着三妮走，走得远远的。姐姐说着这话的时候，被母亲狠狠地剜了一眼。

　　三妮远嫁他乡之后，我们就再也没有见过她。三妮姓万，她的家住在河对面的东菜园上，早些年从南乡的一个什么地方迁过来的"外来户"。过了没有几年，全家又都迁回原籍了。

　　我只记得了前往西山的这一条路。姐姐，和她的小姐妹们，短暂的雨水和漫长的冬天里，柴草缠绕的那些欢笑。只是，那一群少女们的欢笑，被我的记忆定格在那些苦涩的岁月里了。

　　2011 年 8 月 16 日 5 点 53 分乌鲁木齐陌石斋

放牧南山

二龙山在庄南，三里多路，村子里的人有时叫双山子。更多的时候，我们就直呼南山，譬如说去南山上"压山芋"（种红薯）、"点果子"（种花生）等等，听起来直截了当，谁都明白是怎么一回事。

关于二龙山，庄上还有一个流传多年的关于"二郎担山"的故事。或者是我的记忆和发音有误，本来应该叫"二郎山"吧。传说当年杨二郎担着两座山从遥远的南方来，他一定是走了太远的路，走到这个地方又饥又渴，见方圆几百里渺无人烟，就放下担子，坐在地上休息。他顺手脱下自己的一双鞋子，在地上磕了磕鞋子里的土，然后又继续挑上自己的两座山往北方去了。不知道后来杨二郎挑着两座山去了哪里？二郎从鞋子里磕出来的那两堆土，就成了南山上的这两座山头。

可是，这个遥远的传说，一点都没有减少我对于南山最为现实的恐惧和挣扎。

记忆里，第一次有了南山这个概念，就是懵懂中被三叔抱着，随着送葬的队伍去安葬父亲。在一路的哭号声里，父亲被安置在南山的一面黄土坡上。我记得众人将父亲的棺椁往墓穴里安放的时候，山坡高处的那几只长号，同时奏响了哀怨的悲鸣。我不记得那个时候自己是否也曾经泪流满面，但这几只悲鸣中的长号，却在我的记忆里愈加清晰起来，它们就在我命运的头顶上，一次次被吹响，如泣如诉。三十多年后的一个夏天，几乎沿着同样的一条路，在一场暴雨和泥泞里，我从万里之外的新疆赶回村庄，在南山上又一次安葬了母亲。

如今双亲俱已安息在南山的"高榻"之上。那是一面坐东朝西的山坡，坐在山坡上，天气好的时候，可以看到对面的凤凰山上，青石林立，山风摇曳，也可以一览湖地里的庄稼和四季的收成。只是像父母这样的庄稼人，一辈子的辛劳都在这山上山下的土地里了，临了，也没有什么可以带走的。那些劳累和疾病，也一并去了另一个世界。

十多岁的时候，放了暑假，我被嘱咐给队上那个喂牛的周东民，跟着他到南山上放牛。应该还有好几个小孩，跟着牛群不无兴奋地往南山上走，刚开始的时候，一人牵着一头牛，一路上不敢说话，在太阳底下小脸憋得通红。分给我的，是一头泛着金黄色油光的小公牛，它是这个牛群里另一头老黄牛的后代，这个时候，它刚刚从一头小牛犊子过渡到小公牛的阶段。初生牛犊不怕虎，我的这头小黄牛，自从到了我的手上，可以说是桀骜不驯，为所欲为。我在这头小公牛的身上，也算是吃了人生的第一遭苦头。

一路上，我紧紧地抓着缰绳，唯恐这个从不拿正眼瞧我的小公牛，一下子挣开了我手里的绳子，毫无顾忌地窜到庄稼地去惹祸。好在有一个老放牛的周东民跟着前吆后喝的，没有出多大的问题。到了南山上就好了，满山的乱石荒草，牛群也各自散开，我们就躲到树底下听这个"老流氓"周东民讲一些惊心动魄的风流故事。

周东民那个时候也就是四十多岁吧，他光着膀子，戴一顶破席架子，搭在肩膀上的一条毛巾，就像他的皮肤一样黑得已经看不清什么颜色了。好像他还掉了两颗牙，一说话就从嘴里漏出风来。他讲我们村子上的一个女的和谁谁相好，大白天的也不避人，被他男人和几个好事之徒给按在了床上。她那个相好的男人据说还是公社的干部，连裤子都没有提上就被按在地上了，被揍得皮开肉绽，还没有忘记摆自己的官架子。

　　他讲我们村西头一个姓宋的姑娘，已经和尚岩街的一个小伙子定亲好几年了，谁也想不到偏偏又和东水沟的一个老光棍好上了。那个老光棍为了避人眼目，每次到她家里去的时候，总是背着一个粪箕子，怀里揣着一瓶香油什么的，在她家的院子边转上两圈，等到没人注意的时候，一头就折进她的家里。更令人称奇的是，这位宋姓姑娘的父母，非但没有制止这样的行为，其母亲，一个小脚老太太，还在这个老光棍进家门后，主动坐在门口防风放哨，不让其他人到家里去。其实这一切，都被村庄里的一双双眼睛看得一清二楚。那光棍完事以后，也不吃饭耽搁时间，留下东西就走了。

　　第二年春天，这姑娘定亲的婆家人，也不知从哪里得来的消息，一行人浩浩荡荡地带着婴儿用的小包被子、衣服等来要孩子，也不进家门，就在家门口的大街上晃悠，引来半个村子的人追着起哄。

　　这婆家人的信息是准确的。有人说，人家早就知道了这个未过门的媳妇和一个老光棍相好，就是不说透，单等着你把孩子生下来了，过来恶心你呢。谁知道这姑娘果真就把孩子给生下来了，一时间,闹得村子里沸沸扬扬。姑娘的哥哥也觉得丢人太甚,脸面丧尽,便借着酒醉来到父母家里大声嚷叫,听说家里又生了一个弟弟,抱出来让我们看看呀!父母又气又羞又害怕,哭天抢地的又是一阵子喧闹。

后来这个孩子据说成为了一户人家的养子。再后来,被退了亲的宋姓姑娘远嫁他乡,还曾经偕了夫君,热热闹闹地回来过娘家。

周东民讲的这些风流故事,大都发生在我们的身边。虽然当时对很多事情都还一知半解,懵懵懂懂,但是强烈的好奇心和"求知欲",往往使我们忘记了时间和散放在山坡上的牛群。"老流氓"周东民便会在这个时候卖一个关子,吆喝我们去把走远的牛群往近处赶赶,然后再继续下一段引人入胜的故事情节。

原来我们几个放牛的小孩都挺敬重老牛倌周东民的,自从他一脸坏笑地讲了那些风流故事后,我们就怎么看他都没有正形了。后来我们私下里就称呼他为老流氓。老流氓似乎也已经觉察到了我们的这些变化,所以他以后的故事也就更加肆无忌惮了。

我刚开始放牛的时候,一点经验都没有,想当然的还想骑在牛背上。反复尝试了几次,在众人的帮助下,倒是有几次骑上去了,但是大家一松手,我摔下来的样子反而更加惨不忍睹。终是没有了骑牛的勇气和兴趣,但是经过一个夏天的磨合,倒是和这头小黄牛建立起了不少默契,遇到不听话的时候,我吼上几声,也多少能管点儿作用了。但有一回,这小黄牛非但没有给我面子,还让我遭受了人生以来最为严重的一次耻辱。那天傍晚,刚刚下过了雨,我赶着小黄牛从山上下来准备与牛群汇合回家。可能是刚下过雨的缘故,山坡上的梯田上,山芋(红薯)秧子支棱着青葱葱的叶子,迎风招展。一不留神,小黄牛纵身一跃就窜到了一块山芋地里去了,任我怎么拉拽、叫骂、抽打,就是没有办法把它从山芋地里弄出来。非但没有把牛牵出来,还因为生拉硬拽,活生生地把一片雨后的山芋地踩踏得不成样子了。

我心里那个急呀,汗水,甚至泪水都出来了。就在这时,从山下远远地跑上来一个人,他一边挥舞着手,一边叫着什么。离我远的时候,我没有太注意,到近了我才听清楚,他一路上都在骂我,破口大骂,亲娘祖奶的骂。他是另一个生产队的护青队员,大家都知道这样的人是一些二杆子、愣头青,谁也惹不起的货。我心里的急,一瞬间变成了怕。我害怕这个愣头青上来就对我大打出手。而他的手里,正是一把镰刀和一截木棍。

这个愣头青上来就奔着我的牛去了。他的力气足够大,他的棍子雨点一样落在牛身上,甚至牛的脸上。我看见牛的鼻子鲜血直流。便赶紧顺势把牛牵出了山芋地。

望着被踩踏成一片稀泥的山芋地,这个愣头青转过身来又是对我一通乱骂。我没有跟他对骂的勇气,也不知道道歉,只是一声不吭地牵着牛往山下走。走出去好远了,我还听见背后的叫骂声在追着我。我的脊背上已经没有了汗水,那些冰凉的水,全都变成了羞愧和耻辱。

我甩着脚上的泥巴,牵着受伤的小黄牛,跟它垂头丧气地往前走。看着已经远远地走在前面的牛群,不知道它们是否目睹了我在这个傍晚所遭受的耻辱。我脚上的泥巴越甩越多。我没有穿鞋子,一个夏天我都没有穿鞋子。在山上的时候,碎石和杂草硌脚,我便跳着脚,往那些大一点的石头或空地上落脚。不免会有被硌痛的时候,脚趾头上碰破了点皮,甚至是出一点血也是常有的事。但我想那是难以避免的,大家都一样,光着脚,一个夏天,可以省下一双新鞋子。

南山上原来还有一片山林。父亲的坟,就在那一片树林子的深处,每一次在山上放牛的时候,我都会小心地避开父亲的坟地,远远地,赶着牛绕开。我不想让牛啃食了父亲坟前的草。但是,没有人的时候,我又总是忍不住往父亲的坟头上张望。那时父亲的坟前没有墓碑,荒草几乎就要遮挡了那一堆黄土。远远地,我看见父亲坟头上的那些草在酷烈的太阳底下,艰难地摇动着,我内心里就会有一种无比复杂的感觉,悲伤、无助、孤单甚至绝望,一拥而上。

多少年过去了,时光几乎就要淹没了我面向故乡的一次次遥望。我怀揣着这些幼年的回忆和忧伤,已经走过了千山万水,可是,没有哪一座山,能够像我故乡的南山这样,埋葬着我幼年的伤痛和一生的悲切。那些远了的时光呀,亲人们的往事,因为有了这样一座永远也不曾远去的南山,而一次又一次让我停下了远行的脚步,驻足,回望,并流下思乡的泪水。

2011 年 8 月 20 日 10 点 19 分乌鲁木齐陌石斋

风吹豌豆地

入秋以来,天气不见转凉,反而秋燥日甚一日。半夜醒来,竟然听得窗外一片雨声,便觉得心里凉快了许多。及至推窗望去,只见黑夜里风摇树动,雨声早已不知去向。惶惶然,不知是在梦中,还是现实中的情景。不过,这夜半入梦来的一场秋雨,倒使我想起了一桩旧事,一场尘封在往事里的旧梦——也是一场雨水过后的沙壤上,那一片微风吹动的豌豆地。

是的,是那一片油绿绿的豌豆地。春三月里,正是青黄不接的时节,多数人家都吃不饱肚子,就有人打起了这豌豆苗的主意。其实,这片豌豆地并不属于我们西水沟村,它属于我们村后相邻的史家庄。村相望,地相邻,那个时候的史家庄,日子似乎比我们村里好过一些,他们的庄稼地里,在大片的麦子地中间,不时会出现一片让人为之心动的豌豆地。

放学之后,距离天黑,也就是距离晚饭的时辰还有一大段剩余的时光。乡下的幼年光景里,傍晚,又总是漫长得让人百无聊赖。白四和二槐早就约好了,或者,他们已经偷偷爬进豌豆地好多次了,而我却是一个新手。我急忙回家从咸菜坛子里捞出一块咸菜疙瘩,甩了甩咸水,就装在口袋里跟上他们走了。过了家后的一条小河,就是我们村和史家庄相连的大片麦田。

其时庄稼长势喜人，麦子已经长到我们的齐腰深了，风卷麦浪，像一片绿色的海洋。无边无际的绿色的麦田波浪，一波又一波地向前翻涌着，声势浩荡，茫茫无际，仿佛一眨眼的工夫，就把这人间的苦难给淹没了。我站在这巨大的麦浪面前，身子也变得轻飘飘了，仿佛也跟着那随风鼓荡的波浪，就要乘风而去。

我们的目的地当然不是这些巨浪翻滚的麦田，我们是要到这些巨大的麦浪之中的某一块豌豆地里去。不过，这些东倒西歪的麦浪可以成为我们的伪装和掩护。我们要绕道去那块豌豆地，大路是断然不敢走的。因为这些大路的各个路口或者交通要道上，到处都有手拿着尖利的 "枪攘子"（一种类似于红缨枪的武器）的人，来回晃悠着，一不小心，就有"全军覆没"的危险。

这也难怪，总有像我们这样的人，不管家里吃饱吃不饱肚子，隔三差五地爬到豌豆地里偷吃豌豆苗子。这样的事情屡屡发生，肯定也引起了他们的注意。史家庄的这些"看青"的人，到了傍晚时分，更是提高了警惕，他们来回晃动的身影，无形中增加了几分恐怖的气氛。

我们猫着腰，沿着河滩的沙地，迅速地窜进了一片麦地里去，然后以一种几近于爬行的方式往前行。胆子大一点的二槐，总是直起了身子，探头探脑地望风放哨，我只是低着头，尽可能地弯了身子，紧赶慢赶地往前跑。就在我们要接近那块豌豆地的时候，就听见一个"看青"的家伙，骂骂咧咧地在远处叫唤着，白四提醒说，被发现了吧。二槐不屑一顾地说："瞎咋呼呢，没事！"

然后，我们继续沿着一条麦垄子躬身前行。不知道绕了多远的麦垄子，等我们一个个爬进豌豆地的时候，我才发现，豌豆苗子并没有我想象的高，有些稀疏的地方，根本藏不住一个人的身体。好在天色混沌，这块豌豆地掩映在周围的麦子地间，仿佛是一道道天然的屏障。我紧紧地贴在地上，从挎包里掏出咸菜疙瘩，顾不上那么多了，我大把地薅下豌豆苗子，就着咸菜吃得香甜无比。不知道是谁最先发明了这种吃法，紧张、兴奋，又有几分恐惧和担心，缓慢地爬行在豌豆地里，心不由己地望一望远处。毕竟做贼心虚，一边就着咸菜吃着，一边大把地薅了豌豆苗子往口袋里塞，还不得不提心吊胆地四处张望着。

这真是一个惊心动魄的时刻。或许正是我们的这些提心吊胆和东张西望暴露了目标，那个手持"枪攮子"的家伙，不知在什么时候，异常愤怒地出现在我们的屁股后面了。只听得他一声断喝："都给我爬出来！"

我的脑子一下子就懵掉了。紧接着，白四和二槐他们蹿起来撒腿就跑了。他们逃跑的姿势，看上去优雅又完美。我犹豫了一会，几秒钟，肯定不会超过十秒钟的工夫，沿着二槐和白四他们逃跑的方向，我也撒开了丫子，没有命的逃命去了。

站在我们身后的这个手持"枪攮子"的护青人，没有想到这几个抓到手的毛孩子会逃跑，也许他压根儿就没有把这几个毛孩子放在眼里。他肯定是愣怔了一下，紧接着，便大呼小叫地追上来了。

"枪攮子"身手矫健，此时他正值人生壮年，要不然他也不会被选为专门看青护地的人。他也应该是史家庄村的一个愣头青吧。而我们这几个刚刚还以小小游击队员自诩的偷食豌豆苗子的人，早已经没有来时的兴奋和憧憬，有的只是四散逃开时的狼狈和不堪。

我边跑边回头看,快速地越过一片刚才还劈波斩浪的麦田,几个趔趄,跳到了河滩里去了。我往河滩逃跑,基本上是下意识的,因为跨过了河滩,也就到了我们西水沟的地盘,那个紧追在后面的史家庄的"枪攘子"多少会有些顾忌的。河滩里坑洼不平,我先感到了胸闷气短,接着是腿也跟着短了起来。再看看那几个逃在前面的人,早已经不见了踪影。更为可怕的是,那个锲而不舍的"枪攘子",一点也没有要放过我的意思,他也气喘吁吁地紧追不舍,看他气势汹汹的样子,步步紧逼,我有了一种不祥的预感。

我从一个沙坑跳到另一个沙坑,脚下已经完全没有了章法。不知道是自己由于恐惧和精疲力竭摔倒了,还是被那个"枪攘子"飞起一脚踢倒了我。"枪攘子"用一只大手紧紧地从后面掐住我的脖子,嘴里面叫个不停,我知道,我已经耗尽了气力,连最后一点挣扎的勇气也消耗殆尽。

"枪攘子"见我眼泪叭嗒的可怜样子,脸上的怒气也消了好多,不过,他还是像审问犯人似地问我是哪个庄的,姓什么,父母的名字等等,我抽泣着回答是西水沟的。他放开了掐在我脖子上的大手,牵着我的衣领子,推着我往村子里走。几乎不需要说明,看他手里的"枪攘子",和我抽抽泣泣的狼狈相,路上的行人就知道是怎么一回事了。

"枪攘子"提着我来到村头的一群人面前,问这是谁家的小孩。其中二槐他爹就在蹲在村头的这群人中间,不知道他是否知道二槐和我一同去了豌豆地。有人就开始替我讲情,七嘴八舌地,说什么的都有。可是"枪攘子"说,非要见到大人再放小孩。记得人群里不知道谁说了一句:"别吓唬小孩了,他爹死的早,怪可怜的,数道两句就行了。""枪攮子"大概是听了这句话后,心软了一下,也许是觉得自己做得有点儿过了,一松手,就把我给放了。

这个傍晚的惊魂,就像很快黑下来的天色一样,全被我的羞愧和眼泪给淹没了。接下来的事情,我几乎忘得一干二净,只记得宝德和满意等几个追着看"二行"(俗语:新鲜、热闹)的家伙,不时挤弄着小眼说些风凉话。我几天前刚刚和宝德在学校里干过一仗,这次刚好被他看了"二行",还不知道他要去学校里怎么宣扬这件事。不过,我最担心的是,希望他不要把这件事情捅到老师那里去,到时候,就不仅仅是一个丢人现眼的问题了。

2011年8月26日18点28分乌鲁木齐陋石斋

狗屎他娘

　　狗屎家的自留地和我们家挨着，在东河崖的那块地头上，隔着一条河沟，与东水沟的菜园"隔河相望"。那几年，村子上刚刚从外面引进来红得发亮的"洋柿子"（西红柿），我们两家的自留地上都种上了。那时候狗屎刚刚结婚不久，平时，就只有狗屎他娘在地里照看着。

　　洋柿子是稀有之物，村子里种的人家并不多，特别是到了洋柿子熟的时候，自己都舍不得摘下来放在嘴里尝尝，可是却总有人趁着地里没人的时候，顺手摘了去，怪叫人心疼的。那个夏天，不知道是在什么样的情况下，我成了自家洋柿子地里的看园人。与我比邻的就是狗屎他娘。

　　不知道狗屎他娘叫什么名字，母亲总是称呼"他大嫂子"，狗屎娘叫我母亲为二婶子。每天，狗屎一口一个二奶奶地称呼我的母亲。我时不时地叫一声狗屎他娘为大嫂子。

　　其实，狗屎他娘比母亲还要大好多，她的一双小脚总是不厌其烦地从地这头倒腾着走到那一头。身上月白色的偏襟小褂，一个夏天，似乎总是那一件；头顶上的花格子毛巾早已经褪去了颜色，不知道用水洗了多少遍，一直没有洗干净的样子。

　　狗屎听话，人也老实。母亲总是以赞许的口吻说，从来没有听见狗屎和他娘顶过嘴。狗屎新娶的媳妇，也是人高马大的，特别能干。天旱的时候，狗屎和他的媳妇一人挑着一副筲（鲁南方言，即水桶），到沟下面的河里挑水浇洋柿子，一个早晨，就能把他们那三分地浇上一遍。看他们赤着双脚，挽着裤管，呼哧呼哧地从河里挑水上来，脸上也不知是汗水还是泥水地走在自己家的洋柿子地头，狗屎他娘的脸上，总是有一种掩饰不住的自豪和得意的神情。

我那时大概还小，狗屎总是喜欢拿我开玩笑。但他总是把我小叔小叔地挂在嘴上，我也就不好意思叫人家的小名，我一般都是称呼狗屎的大名——东来。对了，狗屎是狗屎的小名。狗屎姓周，大名全称叫周东来。村子上的好多人都是当着狗屎的面叫他"东来"，而一转身，就狗屎长狗屎短地叫起来了。这些狗屎也不可能不知道，但他就当着自己没有听见一样，每天总是乐呵呵地扛着一柄锄头，或者背了一把粪箕子，光着自己黝黑发亮的脊梁，在村子里走动。只有一个人是个例外，那就是狗屎他娘，不管人前人后，张口就是狗屎狗屎地叫，而狗屎也是答应得爽脆，从来没有拖泥带水的。

我感到好奇的是，好端端的一个大小伙子，为什么偏就取了狗屎这样的名字呢？现在想来，我在村子里的生活是如此短暂，我还没有来得及在我有限的乡村生活里，把这样的问题研究透彻。大概是我们鲁南的乡间习俗，孩子名字越是取得"贱"一些，往往身体就会越加皮实。"狗屎"是我们乡间里，房前屋后的寻常物，所以就不遭待见，人嫌狗臭的东西，算是"贱"到土里了。村人们信奉一条朴素的真理，取一个"贱"名字，往往预示着这个孩子一生的富贵和前程。

而狗屎却是一个苦命的孩子。据说,狗屎在几个月大的时候,狗屎他爹就死在一条外乡的路上。狗屎他爹和狗屎的二叔一起去南乡做银元生意,回来的时候,就剩下了狗屎的二叔。狗屎的爹没有回来,一直等了好多年,狗屎的二叔也说不清楚了,他一会儿说他哥是得病死的,一会儿又说,他哥让他在旅馆里一个人等着,他跟着一个南乡人去乡下收银元去了,就一去再也没有回来。

　　后来狗屎的二叔在村子里被戴上了一顶纸糊的高帽子游街,说是不老实的坏分子等等,村子里的宣传画里,还画着狗屎的二叔在庄稼地里偷懒,一个人躺在玉米地里偷偷抽烟的漫画。村子里的人都说画得挺像的。不知道那个时候,狗屎的二叔和狗屎的爹外出消失,一直没有回来有没有关系。

　　狗屎几个月上就没有了爹,狗屎的娘就这样眼巴巴地一年又一年的等着。许多年过去了,狗屎的爹始终没有回来。有人说,狗屎的爹是被收银元的人给害了;也有人说,是狗屎的二叔为了独吞钱财,把狗屎的爹给害了;更有邪乎的,说狗屎的爹早已跑到台湾去了,投奔了老蒋,所以狗屎的二叔一直不敢讲实话。总而言之,狗屎的爹是死是活,成了村子里多年来的一个谜。

　　这些传言,不知道有没有传到狗屎他娘的耳朵里去过,但是狗屎他娘坚持了这么多年,一个生活在乡间的小脚女人,她没有办法搞清楚事情的真相,她只有等。她等孩子长大,也等着,一个埋藏在心底的秘密——那个迟迟没有归来的丈夫。

　　在我的印象里,狗屎他娘,性格开朗,为人乐观,我几乎没有见到过她愁眉苦脸的样子。只有一次,狗屎和他的媳妇吵架,在自家的地头上差一点打起来了,被众人拉扯着。狗屎他娘风风火火地捣着小脚，也不知是从哪里赶过来，她二话没说，脱了她那双尖角布鞋，照着狗屎的脸上就是一阵乱抽。看得出来，这是结结实实的一顿揍，狗屎躲着，被众人给拉开了。狗屎她娘个子矮小，需要跳起来才能够得着狗屎的脸。

打完了狗屎，狗屎他娘便一屁股坐在田埂上独自哭泣了起来，任是怎么也劝不住。经她这么一哭一闹，原来还大吵大闹的狗屎媳妇，立马就歇了菜，挑了扁担就回家做饭去了。狗屎被他娘扇了一脸的土和鞋印子，见他娘这样伤心地痛哭不止，也便难为情起来，扶着他娘离开了。

有多少年，我没有了那个遥远乡村以及狗屎和他娘的消息了。有限的回乡偶住，总是同学战友的迎来送往，我竟没有一次想起来问一问狗屎和他娘的事。一别经年，好多人和事都已经走远，那个昔日里的茅草屋院，我是再也回不去了。狗屎他娘如果现在还活着的话，应该是快有百岁了吧。

2011 年 8 月 29 日 19 点 26 分乌鲁木齐陋石斋

三叔

　　六月,还是七月,阴雨连绵的夏天里,河水暴涨。父亲和三叔——他同父异母的弟弟,每天晚上都要涉过齐腰深的河水,去东菜园的瓜棚里看护菜地。那时,好酒、嗜赌的爷爷已经去世,家里没有壮劳力了,而东菜园上的十几亩菜地,还有一片果园,都是需要人守护的。那年父亲十一岁,三叔七岁还是八岁的样子。兄弟两个,每天晚饭后都要结伴去菜园上守夜,风雨无阻。

　　黑夜降临,大雨如注。在雨水和大风的作用下,那一间茅草和竹竿搭建的瓜棚子,像一叶飘摇的扁舟,在漆黑的雨夜里发出了剧烈的颤抖。而不时响起的炸雷,更是让人惊魂不定。这方圆十几亩地上,孤零零的东菜园,漆黑的大雨之夜,不时被一道闪电撕开一道惊天的口子,而紧随而来的雷声,轰隆隆地在天边滚过,村庄和黑暗中模糊的家人,已经变得遥不可及。

　　一间瓜棚里的两个少年,一人身上盖着一件半湿不干的旧蓑衣,在床上不停地发抖。父亲和三叔之所以这样害怕,是因为当时乡间传说着关于"毛孩"的恐怖故事。有人亲眼见过,那传说中的"毛孩"有两人多高,浑身上下长满了棕红色的毛,眼睛里喷射着血红色的光,也不出声,见人一把就抓过去吃了。尤其喜欢小孩,几口就能吞下,连骨头都不吐。传说有鼻子有眼,临近的东水沟已经被"毛孩"抓去了好几个小孩。这样的恐怖事件口口相传，尤其到了乡村的黑夜，便在整个夜晚的大地上弥漫开来。

为了给自己壮胆，父亲和三叔从家里出来的时候，特意背上了一把大刀，一根用来挑东西的扁担。一方面是为了给自己壮胆，另一方面，如果真是遇上了毛孩什么的，也可以真刀实枪地干一家伙。三叔说，那个年代土匪横行，杀人越货的事时有发生，何况还有"毛孩"这样的传说。

雨天黑得早，见四下无人，父亲和三叔兄弟两人，便早早地躺下了。他们栖身的那张小床，平时只能容得一人睡觉，父亲和三叔都还年少，便一头一个躺下了。虽是躺下，心还是提着的。三叔说，那么大的雨，电闪雷鸣的，只听得瓜棚子外边啪啪啪地乱响，也不敢伸头出去望一望了。也不知道这样过去了多久，三叔已经听见我的父亲似有若无的鼾声了。睡意朦胧中，一道闪电过后，紧接着，又一串沉闷的雷声，几乎就要把他人从床上给掀了下来。

伴着一声炸雷，三叔不由自主地打了一个激灵。他无意中一伸手，突然碰到了一个毛刺刺的东西，他立马想到了可能是"毛孩"趁着这个风雨交加的夜晚摸进了瓜棚。他积压在内心的恐惧一下子在黑暗中爆发了。他一把紧紧地抓住了那一个毛刺刺的东西，惊恐地大声喊道，"毛孩"进来了！

父亲睡梦中被这一声喊叫惊醒，感觉自己的一只脚被紧紧地掐住了。慌乱中，他也一把抓住了三叔胡乱伸过来的一条腿，便也以为自己抓住了想象中的"毛孩"。两个内心充满了恐惧的少年，分别在雨夜中紧紧地抓着对方的脚脖子，并大声喊叫着"救命"！

时间不知过去了多久，直到喊得双方都没有了力气。不知道是父亲还是三叔发现，被自己紧紧抱在怀里的那一只所谓"毛孩"的胳膊，不过是对方的一条腿而已。原来是虚惊一场。惊魂过后，他们重又整理了各自的蓑衣，心怀忐忑地睡去了。

多少年之后，父亲已经过世了，三叔在一次酒后给我讲述这个故事的时候，依然忍不住笑出声来。记忆中，这是少言纳语的三叔，给我讲述的关于父亲的唯一一个故事。父亲去世的时候，我是五岁还是六岁，三叔一路上抱着我去父亲的墓地。在路上的时候，我竟然忘记了哭泣。三叔抱着我边走边数道着说，你看，这孩子还不知道哭。意思是说这可怜的孩子，还不懂得丧父之痛。

我现在懂得了，可是我已经没有了悲痛。父亲离去的这许多年里，每每望着三叔、四叔，还有伯父的背影，我总是想象着父亲活着的时候，他们这同父异母的四个兄弟，共同经历的那些人世风雨，慢慢地，都已经化作了往事的云烟。

我还想象着父辈们的童年，家里有一个私塾先生，总是忙着做生意的爷爷，上百亩的田地，果园、菜地……是连绵的战火，还是爷爷的酗酒、赌博，使得家道败落，及至后来需要举债度日。爷爷张佃林虽然在解放之前就去世了，他还是被戴上了一顶"地主"的帽子。这顶帽子一直被伯父戴了几十年，偶被关押、上街批斗等成为当时社会的"四类分子"之一。而我作为"地富子女"，也无可逃避地继承了自卑、压抑甚至"低头认罪"等世袭的遗产。

我想过自己这么多年来的命运坎坷,大多数时候,都会归结到父亲的过早离去,而从来没有认真地想过,同样命运多舛的父亲,他的一生的简朴和坎坷,就像那个风雨飘摇的雨夜惊魂一样,就要沉入了无垠的历史,漆黑一片。

三叔也早已经老了,多年的痨病使得他骨瘦如柴,前些年,被堂弟接去广州养老去了。据说三叔这几年脾气越发不好,时常生气发火,甚至要和三婶分开,自己一个人回到村子里,守着那间老屋过。可是身体不行了,衰老就是这样爬过了他身体里的岁月。

母亲去世的那一年,我们兄弟几个夜里伏在母亲的水晶棺前守灵,每有祭拜的人来,便是伏在铺满了麦草的地上一阵号哭。三叔每每都是一句:好了!那语气严厉而又温婉。夜深了,母亲的灵前已没有了别人,三叔也困了。他便吩咐我们兄弟几个说,给你娘辞个灵,迷糊一会吧。接着,他便首先点上一刀黄纸,在母亲的棺前烧了,嘴里面咕哝几句,我们便跟着干嚎一阵。完了,三叔斜躺在一堆麦草上,倦倦地睡去了。我们兄弟几个,便找些衣物随便盖在身上,抓了些麦草,席地而卧。天亮之前,三叔早早地坐起来了,他依然是不容分说地吩咐道,该给你娘哭灵了!

母亲终是没有醒来,她躺在冰冷的水晶棺里,沉沉地睡去了。一连三天,三叔枯瘦的身体就这样支撑着,我竟然没有认真地想过,这三天时间里,三叔是怎么熬过来的。

一晃又是几年过去了。三叔在老家得了一场病,险些没有抢救过来,后又被另一个堂弟接去了广西的南宁。两个堂弟都在外面做生意,无暇照顾自己的老父亲,过年过节的时候,我会与堂弟他们通个电话,间接地会问到三叔,或者会与酒后的三叔说上几句话。几十年了,三叔就是那几句问候和叮嘱的话,一样的乡音,不变的牵挂。遥隔着天涯的时光和岁月,三叔这一生,也许他都不会想到我生活的这一片远天阔土上,会是一番怎样的模样。有一天,我也会老得像他一样,除了思念,我翻不动一片光阴。

2011 年 9 月 1 日 8 点 38 分乌鲁木齐陋石斋

老屋的梦

　　老屋当年建在村东头的河边上,算是"荒郊野外"了,至今过去了四十多年,整个村庄都已经面目全非,但老屋所在的村东头的位置,依然没有改变。据说,我就出生这间老屋里。这是父亲当年用庄里头四合院里的一间半草屋相抵,积半生积蓄,和他的哥哥、我的伯父相约,在当时无人涉足的村东荒野上,盖起的三间茅草房。说房子建在荒野上,是因为这块地原来曾经是我们祖上的一片林地,我记事的那些年,还见房子周围零星地站立着柿树、梨树等。不过,这个时候的林地早已经被收归公有,所以眼睁睁地看着果树只能任人砍伐,父亲和他的兄弟们无能为力了。

　　这块地,这片林地上的果园,也算是爷爷和他的祖上,留在这个世界上的一些念想吧。建房子的那些年,肯定是先盖起了房子,后来陆陆续续地垒砌了院墙。这个过程,我已经在新房子里出生了,一直等到我两三岁的时候,可以和三哥一起在房前屋后蹦蹦跳跳了,院墙还没有完全建好。

　　有一年,应该是院墙地基的"壕沟"刚刚挖好,从山上运来的打地基的青石散乱地堆放在"壕沟"两侧,我和三哥觉着好玩,便一前一后地跳着玩,一不小心,我一头磕在了石头上,眼睛上方的眉骨处鲜血直流。记得母亲在窗台还是鸡窝的墙缝里,刮了一捧

"熟土"捂在了伤口上用以止血,过了好半天,血把母亲手里的那捧"熟土"都染红了。后来,我左眼的眉毛深处,便落下了这一道细密的疤痕。同一年里吧,家里好像是请人修院墙,在院子里支起了一口大铁锅做饭,我和邻居还是三哥搬起一条腿玩"斗鸡"的游戏,又一次把脑袋撞在了大铁锅的锅沿子上,这一次鲜血直流的结果,是在我的另一只眼睛的眉毛里,留下了另一条长长的疤痕。记得三哥,还为此挨了一顿暴揍。好在两次都只是在眉骨处,算是不幸中的万幸吧,也有人说我这个人命好,寸得很,不偏不倚,两个眼睛上都有了。

院墙是什么时候建好的,我已经记不起来了。三间草屋,还预留了一间屋的空地,就这样一直空着,一直到老屋塌了,那块空着的房基上也没有盖起房子来。伯父家的院墙几乎是和我们家同时建好的。两家对门,伯父家的院门朝西,我们家朝东,两家的门楼子也都是麦草覆顶,宽大而敦厚的门楼,都是泥土夯筑而起的。

很快,院子里便有了柿树、杏树,还有香椿、枣树等等。那些年,父亲也就是三十多岁吧,都说父亲勤快,天不亮就起床到河滩上用"胶车子"(鲁南地区特有一种独轮车)往家里推运土沙,渐渐地,锅屋也盖起来了,鸡窝、猪圈一应俱全。想象一下父亲当年的人生理想,我想大概是朝着这个目标往前走,他的内心里,是有过美好憧憬的。

在那个政治运动接连不断的年代,父亲背负着"地富子女"的名头,常常在村上遭受一些不白之冤,加上家里孩子众多,生活压力也一定不小,在外面遭受的冤屈,也没有办法在家里说。大哥回忆说,那时父亲经常回家生闷气,一个人端着碗在院子里的树底下吃饭。没有几年，父亲在一个夏天一病不起，住了几个月的院，花光了家里的积蓄之后，据说是在医生的劝说下，伯父和三叔、四叔他们决定，把父亲从医院里抬了回家。父亲已经神志不清，两只手到处乱抓，清醒的时候，不停地喊着我和三哥的小名，听得叫人落泪。

到了秋天，父亲就走了。他的棺木，用的就是他前些年亲手栽下的一棵楸树做的。父亲躺在他自己建造的草屋的中央，整整三天，他的脸上盖着一张黄草纸，被一阵阵哭丧的声浪还是悲伤的呼喊掀起又落下。仿佛是一些不甘，四十一岁，父亲他正值人生的壮年，一定还有许多不舍。

父亲走了，留下了一院子的悲伤和长长的思念。生活一下子陷入了巨大的恐慌之中。但是我的童年，似乎还没有结束。这个风雨中飘摇着的院子里，依然盛载着我的温暖、卑微的幸福和快乐时光。关于那个年代的游戏和少年往事，我的悲切和沮丧的记忆，总是那样很容易地被一些生活的窘迫和艰难所忽略了。

游戏总是有的，因为日子还将继续下去。在那些漫长的夏日里，我已经知道了那个创造了人类的上帝。母亲说，这世上所有的人，都是老天爷用泥巴捏的。有一天下雨了，老天爷怕雨水淋湿了这些"泥人"，便用一把大扫帚把这些半干的"泥人"扫到了一起，所以才有了这么多断了胳臂腿的、眼睛看不见的人，而那些没有被老天爷扫起来的泥人，被雨水一脸，就变成了一脸的麻子……那时候，母亲讲得极其认真，我听得神乎其神，觉得自己也不过是老天爷手里的一个泥人。

我便异想天开，在院子里用泥巴做了好多房子，还有一座大大的院子、竹篮、锅灶等自己当时所能想象的到的东西，歪歪扭扭的自不必说。我精心制作了这些生活的场景，是因为我懵懂里听人说，把这些泥巴的东西埋入地下，若干年后，就会梦想成真，这些泥巴的房子、院子就会带领你去往一个梦想的国度。

我是多么渴望着这个梦想中的国度呀。我用一把小锅铲子，悄悄地在院子里的一棵槐树下面，挖了一个坑，找来一些干净的麦草和树叶，小心地铺好了，又把那些已经晒干的泥巴房子等一一放入其中，然后盖上泥土，小心地用脚踩了。我梦想着，若干年后的某一天，我能够和我的家人一起，去往那个金碧辉煌的国度。

这个童话一样美丽的梦想，在此后的若干年里，竟被我忘得一干二净。等到有一天突然想起来这件事情的时候，我已经不知道我的那些房子和梦想，是埋在哪一棵树底下了。我拿着铲子在院子里挖了整整一个下午，一无所获。但是我一直坚信，我的那些被自己精心存放的房子、院子、锅灶、农具等一定还在这院子的某一个角落里，等着我呢。或者是我自己记错了地方，或者是这些完好无缺的房子，自己去到了一个更安全的地方。我从来没有怀疑过这些承载着我的梦想和神往的"房子"，会被别人给"挖走"了，因为在我精心制作和埋藏它们的时候，没有一个人知道这些秘密。当然，我更不会想到，这些已经被我晒干了泥巴的"房子"，会随着岁月的雨水和时光，一同化作了院子里的另一片泥土和往事之中。

而老屋正一天天变得衰老。院子里的兄弟姐妹，也都一个个远走高飞。生活，正把他们驱赶在一条条疲于奔命的路上。慢慢地，老屋和院子里，只剩下了母亲一个人在苦撑着岁月。老屋的墙倾斜了，房顶的麦草被修修补补，一年又一年，摞满了陈旧的补丁。院墙也已经断断续续地坍塌了，像母亲一年年直不起来的腰身一样，老屋和院子里的光景，已经被这些年的时光给压垮了。

等到有一天，我在若干年后重又回到这个院子的时候，我看到了自己整个的童年时期里，那样高大坚实的老屋，竟是如此的老旧和低矮，几乎弱不禁风。终有一年，老屋在一场雨水中轰然倒塌了。好在大哥已提前将母亲安置在了一所新房子里。

现在老屋的旧址上，是大哥用砖头和水泥盖起的三间大瓦房，房子里砌了一个大大的水泥池子，成了大哥酱菜腌制厂的一个腌菜池子了。我只是远远地看过这间新建的瓦房。我已经完全没有了心情，再去看一眼弥漫着腐烂气息的腌菜池子了。

几年前，年纪轻轻的六弟在新疆出事了。他的骨灰回家安葬的时候，按照风俗，需要先在老屋里放上几天。可是新建的"老屋"，已经被大哥的酱菜挤满了。伯父就在老屋的前面已经荡然无存的院子里，用从菜园上的塑料大棚里拆下来的竹竿，几顶草苫子，给六弟搭了一间临时的小屋。我从新疆赶回去的时候，刚刚下过一场小雨，伯父怕雨水淋着了六弟，用一层塑料布搭在六弟的骨灰盒上。

我走进这间"草屋"，用手轻轻地掀开盖在六弟骨灰盒上的塑料布，一眼就看见了穿着军装的六弟，原本微笑着的照片上，表情里充满了难以言说的委屈和伤痛。想来，他也是和我一样，出生在这间老屋里的，临了，竟然没有了自己的存身之地。我能够理解六弟在另一个世界的凄苦和悲凉，多么漫长而又匆促的时光，一晃，竟成了永诀。

在送别六弟的那天,已经疾病缠身的母亲,拄着拐杖被搀扶着来到临时为六弟搭建的"草屋"前,用颤抖的双手抚着六弟的骨灰盒,望着六弟穿着军装的照片,终于忍不住,老泪纵横。这是六弟去世以后,母亲第一次流下眼泪。她已经经历了太多的苦难,她是一个信主的人,说不要为死去的人哭泣,要为活着的人祈福。此后一年多的时间,母亲也终于没能熬过丧子之痛,撒手而去了。

母亲和六弟去世后,老屋就成了真正的空屋。好几年了,我没有再回过故乡,除了老屋,我已经找不到了自己回去的方向。可是,我是回过那间老屋的。在梦里,多少次醒来,我的枕巾上湿了一片。

老屋里的少年时光,全部变成了一场场梦境。

2011 年 9 月 3 日 6 点 32 分乌鲁木齐陋石斋

柿子树

秋日的午后,阳光依旧毒辣辣的照在大地上,一连多日的连阴雨,在强烈阳光的作用下,院子里的湿气正以一种无法排解的惆怅缓慢上升着。连阴雨过后,一时还无法下地干活,便盼着这毒辣辣的太阳再照上一两天,就可以下地了。一家人候在屋里,正有一搭没一搭地说着闲话。突然,一声咔嚓嚓的断裂声从院子的东南角传来——伯父家的二哥从柿子树上摔下来了。一家人从屋子里跑出来的时候,二哥已经在泥地上打滚了。他发出了比驴叫还要难听的喊叫和呻吟。对门的伯父、伯母和几个堂兄也闻讯赶了过来。大家手忙脚乱地抬着二哥出去了。此后的许多天里,二哥都躺在床上不时发出一些瘆人的声音。二哥是摔着腰了。

原来这天下午,伯父家的二哥闲来无事,看见我们家院子里的那棵柿子树,枝头上挂着一些熟透了的柿子,便想爬到树上去摘柿子吃。他一定是仗着自己"身轻如燕",或者揣着侥幸的心理,在一枚枚鲜红柿子的引诱下,一步步爬到了树梢上,老树新枝,经不住二哥身体的重量,一声断裂,将二哥重重地从两三米高的树上摔了下来。二哥那时年轻,二十多岁的样子,他光着脊梁,赤着脚,在地上翻滚的时候,身上便沾满了泥巴,还有一截被他的身体压断的树枝。而那一枚枚熟透了的、橘红色鲜艳欲滴的柿子,似乎还在高高的枝头上跳跃着,发出迷人的诱惑。

柿子树是院子里的一棵老树了。因为这所院子就是当年的一片果园,父亲和伯父兄弟两个在这里盖了房子后,这棵幸存下来的柿子树,便独撑着这个小院里的一片光阴。每年秋天,那满树的柿子熟了,都会引来众多爬树摘柿子吃的人。家里每年也都会选一些上好的柿子揽了。"揽柿子",也叫脆柿子,鲁南乡间一种将柿子脱涩的土工艺。记忆里的"揽柿子"又脆又甜,却独独忘记了那些锅灰还是开水里揽过的柿子,是怎么变得这般脆甜的了。

父亲去世的这些年,柿子树便这样一直荒着,一场大风还无端地刮断了柿树的一截老枝,剩下的另一枝独独地苦撑着,看上去像一个独臂的沧桑老人,弯曲、盘结,高昂着不屈的头颅。但就是剩下的这一枝,却依然茂盛得遮满了小半个院子。春夏之季,柿叶肥厚油绿的叶片,便会在风中哗哗作响,或者一场小雨,那啪啪啪的雨滴在树叶上滚落,我和三哥便会跑到树底下没有被雨水淋湿的地方,好奇地仰望着树叶上的雨水。

到了秋天,柿子熟了的时候,冷清的院子里便热闹了起来。一些熟悉和不熟悉的人,便会找各种理由来到柿子树下,摘几个熟透的柿子去。母亲虽然满心的不舍得,但还是一脸笑容地招呼着,直到那些摘柿子的人离去后,才会小声地嘟囔几句。有时候,大哥、二哥和姐姐也会给那些不请自到的人一些脸色看,总是被母亲拦着,说这些熟透的柿子,你不让人家摘,过不了几天就自己会掉下来,摔得满地都是,还脏了院子,不如让那些能爬上树的人,摘了去吃吧,反正明年又是一树的柿子,不会少了一个。

柿子树一年比一年老了。竟有一年,满树上没有结几个柿子。

有人说，树也是有大年小年的，大年果子多，小年歉收，都是正常的事。说是这样说，大哥还是在第二年的开春，在柿子树的周围挖了一圈土，填进去了好多沤了一个冬天的肥料。到了秋天的时候，虽没见柿子多了许多，毕竟是恢复了一些气力的，随后的几年间，老树新芽，这一棵显然已经进入老年的柿子树，仿佛又有了一个青春的勃发期，满树的柿子在那些秋天里，甚是亮眼。

　　想来，这一棵老年的柿子树，在这个院子里是孤单的。随着家里人口的增长，后来院子里陆续植下的还有杏树、枣树、香椿树等，但更多的还是鲁南大地上普遍生长着的槐树、杨树……不知道是这些树木生长的快，还是就树木而言，它们更加实用的缘故。而一棵老迈的柿子树，依然孤单地站立在院子的一角。它老了，却不曾真正的弯下腰来。在大门里面，靠近门楼子的东南一隅，这棵几乎每年秋天都会挂满果实的柿子树上，总是在这个季节里，让人浮想联翩。我曾经不止一次地在它的树冠下面，仰着脖子端详着一颗熟透的柿子，或是慢慢变红了的一片树叶。透过老树斑驳的阳光，我看见远天的流云，寂寞的风，像我们这一家人，在这个院子里的命运一样，总是飘摇不定。

　　无数次，我看见一些麻雀，或者喜鹊，跳跃着在一些树枝上喧闹。它们都是一些过客，漫过村庄和广阔的原野，喜鹊和麻雀们，还有更漫长的旅程。它们展翅高飞的那一瞬间，我看见岿然不动的柿子树，似乎也轻微地颤抖了一下，似乎，这剩下来的空茫和无望，是一个更加漫长的、没有尽头的守望。麻雀和喜鹊们很快就忘记了这一棵停留在院子里的柿子树，它们展翅远翔，早已经没有了故乡。下一棵树，或者一座草垛，那些急匆抑或舒缓的河流，平原上连绵的村庄和田野里，哪一片树叶上，没有被这些精灵微小的翅膀，拍打过。

还有乌鸦，一群，或者三两只的乌鸦，也会在柿子熟了时候，聒噪着跳到高高的枝头，用它那尖尖的喙叨食柿子。乌鸦在任何季节里，都是不受欢迎的客人。尤其在这样的季节里，我们便大呼小叫地驱赶着，有时拿了竹竿，或者长长的绳子，往树上扔。乌鸦也会跟你捉迷藏，你把长长的竹竿伸过来的时候，它便跳着离开了，你刚一转身，它便故伎重演，非得你使尽了招数，才能将那乌鸦驱赶了去。乌鸦在乡间，不是一种吉祥的鸟，几乎它们的声音每次传来，我们都会呸呸呸地往地上吐吐沫。

到了秋收的时节，院子里便横竖扯了许多绳子，用来晾晒米豆、萝卜樱子等用来过冬的菜蔬。更多的时候，院子里的绳子上，是用来晾晒山芋干子（地瓜干）的。将从湖地里刨来的山芋，用"擦床子"（在一个长条木板上嵌一个刀片，有时候就是镰刀片，是用来擦红薯的专用工具）擦成片，然后用食刀，或者剪子，剪一道口子，挂在绳子上，天气好的时候，有两三天的工夫就晒干了。那时候，晒山芋干子，大多都是在山芋地里，就地擦了，摆在新刨开的山芋地上，地里晒不下了，或者要留下一些自己食用的，便会在自家院子的房前屋后，都挂满了白花花的山芋干子。

柿子树下，多数都是阴凉，便堆满了从湖地里刨上来的山芋，有时候是玉米。这些新鲜的、饱蘸了泥土和大地芬芳的粗糙食物，呈现着它们最原始，也是最真实的面貌。可是，由于无休止的劳动和无尽头的重复，我很少在这样的时候，有过丰收或是收获的喜悦。我的张望和叹息，总是在这样大面积的庄稼和食物面前，显得愈加迷茫。

　　但这样的秋天似乎总是短暂的。一俟冬天来临,大地上的萧索便会不期而至。这个杂乱无章的小院里,一切结束和没有结束的劳动,便也随着季节的转移,变换了另一种姿势和模样。所以,我宁愿意在这样的秋天里,来到柿子树下,围拢着不断到来的喜悦和感叹,轻轻地闭上眼睛,享受一个下午的阳光和秋日的困倦,忘记了那些遥远和不可预知的,漫长的未来。

2011 年 9 月 7 日 17 点 07 分乌鲁木齐陋石斋

杏树上的魅影

院子里有一棵柿子树，那是整个秋天的荣耀，仿佛是一些被高高举起来的灯盏，照亮了那些岁月里的寂寞和黑暗。可是，我还要说的是，在这棵柿树的不远处，也就是靠近堂屋东山墙的窗户跟前，还有一棵经年累月的杏树。在院子里，杏树和柿树南北呼应着，隔着门楼子，透过一道低矮的院墙，把小院里拥挤和杂乱无章的四季光景，全都高高地挂起来了。

杏树远没有柿树高挑，但它似乎更富有乡村的美感，多数时候，黑铁一样的枝干上，盛开的却是那个季节里，娇艳欲滴的粉红色花朵。春三月里，一场春雨过后，杏花开放，一院子的春色，就被点燃了。即使是最贫穷的岁月，这些杏花也开得那样浓烈，全然不顾大地上的青黄不接。一树杏花，开得总让人心旌摇荡。我还记住了另一场春雨，夹杂着一个夜晚的风声，等第二天早晨推开房门的时候，院子里的雨地上，横陈着那些被打湿了的花瓣，犹如一双双被折损的翅膀。那些不肯沉入了污泥的粉色花片，纵然是坠落在雨水横流的泥地上，也依然是鲜亮着的。

雨水和风声，也会摧折了一些新发的枝条。一些带着树叶和杏花的树枝子，被一阵大风给刮断了，趴伏在雨水过后的泥地上，似乎在不停地喘息着，却早已没有了悲伤。只是雨后初晴，春风拂面，整条巷子里，便是杏花的呢喃和春殇。

杏花飘落的那些日子，正是一年中的饥荒开始的时候，即便是最鲜艳的花朵，也展不开这个春天的笑容。村子里家中有杏树的人家屈指可数，我不知道那些人家的院子里，杏花短暂的花开花落会是一番怎样的景象。我只是悄悄地珍藏了这些记忆里的花朵，粉红色的、饥馑的春天里，那些铺天盖地的杏花呀，是我无法也不愿意醒来的一场旧梦。

杏子熟了的时候，正是麦收季节，青黄的杏子掩映在蓬松的绿叶之间，那酸甜相间的诱惑，就在我的头顶上"盘旋"着。事实上，这满树的杏子并不会在一夜之间全都熟了。这个过程缓慢得让我感觉整个夏季，我都是在杏子浑圆的光影里度过的。

其实等不到杏子熟透，那些还处在生长中的青杏，就已经被觊觎者的目光盯上了。一些漫长的晌午，或者阳光晴好的日子里，我们的院子里经常会落进来一些石头和瓦块。我知道在我们的院子外边，一定是有人往树上打杏子落进来的。每当这时，我和三哥便飞也似的跑出去，试图抓住那些扔石头和瓦块的人，但多半是落空的。那些扔了一块石头就走的人，或许他并不指望能捡到杏子，只是一时兴起的恶作剧也未可知。也有过路的人经不住诱惑，捡起地上的一块石头或者土坷垃往树上一扔，然后在就院墙外边的地上捡杏子。他的这一石头，往往会引来众多的围观者，或者参与了树底下的"哄抢"。那一番热闹的景象我是见过的，众人哄笑着，不分彼此，这些杏子，就像是天上掉下来的一样，捡得他们兴高采烈。

为了保护这些半熟不透的杏子，我和三哥，在这半个村子里得罪了不少人。在我和三哥的斥骂声中，人群散去，却带走了羞辱和怨恨，也许还会有下一次更猛烈的打杏和哄抢事件发生。

而多数时候，我们都是无能为力的，杏树盘结的枝干，已经不可遏制地伸展到院子外边去了。走在巷子里的人，一抬头就看见了那些挂在枝头的杏子，他或者跳起脚来就可以够得着。

往往，杏子熟的那些日子，家里人下地干活的时候，就会把我留在家里看守着这棵杏树。我就会搬了一个小板凳坐在门口的巷子里，紧紧地盯着那些过路的行人，似乎他们中的每一个人，都在打这棵杏树的主意。我的目光里充满了怀疑和警惕。倦了，或者无所事事的时候，我也会学着那些偷杏子的目光，斜斜地打量着树上的杏子，围着杏树转上几圈，憋不住了，我也会找来一根竹竿，往树梢上捅几下，捡几个酸涩的杏子放在嘴里，消磨一个下午或者晌午的时光。

熟透的杏子可以拿到集上卖钱，这是麦收季节里，家里一笔重要的经济来源。所以杏子就被看得比较紧。有时候，等不到杏子全熟了，我们便在树底下铺上草苫子、席、被单子等，由大哥或者二哥爬到树上，摇晃那些挂满了枝头的杏子。一阵杏雨过后，被单子和草苫子上，便是一层青黄相间的杏子。有些杏子被摔到了地上，有些杏子掉下来的时候就给摔裂了……母亲和姐姐小心地把杏子分开，熟透的和没有熟的。摔裂了，摔成了两瓣的杏子，大多数时候，就被我们顺手塞进嘴里，吃不了的，也会选上一些送人。没有熟透的杏子，会被放在一口盛粮食的大缸里捂上几天，再拿到集上去卖。一棵树上的杏子，能卖个两三块钱，已经是一笔不小的收入了。

收杏子的那些日子,几乎就成了全家人的节日。奶奶几乎也是每天早早地赶来,她拄着一根棍子,尖尖的小脚上总是沾满了泥泞。奶奶满口的牙齿几乎掉光了,每一次,她拿起一枚杏子放在嘴里的时候,她都会跟着闭上眼睛流酸水。奶奶吃杏子只是象征性的。她穿着一件肥大的、蓝粗布的偏襟褂子,弓着腰在树底下捡杏子,她的手里并没有一个竹篮或坑子,她捡起的杏子顺手就放在了肥大的袖口里了。就这样一摇一晃,捡满了两个袖子,用手攥紧了袖口,也不打招呼就走了。我们都知道奶奶捡的杏子,是拿回去给四叔家的两个堂弟吃的。母亲说,奶奶老成了这样,还不忘记偏心眼子,便摇着头苦笑,追上去扶着奶奶出了家门。

四叔家的两个堂弟年龄还小,奶奶也一直跟着四叔家照顾生活,奶奶捡了杏子拿回去给他们吃,现在看来,都是一些自然难免的事。可是,当时我们的心里还是酸酸的。

杏子将熟未熟的那些夜晚,算是全家人最紧张的时刻了。总是有人趁着天黑,摸到树上去,打着手电偷杏子。所以这些天,如果天不下雨或者不刮风,我们就会在树底下铺上麦草苫子、凉席或者单子,在树底下睡觉。那时候大哥和二哥都已经分家另过了,家里最大的是姐姐,她和母亲在屋里睡。我、三哥和六弟,便挤在树底下的草苫子上睡。

一天半夜我起来撒尿,不经意间听到头顶的树枝上,有轻微的晃动声。便大惊小怪地乱叫一通,三哥和六弟也跟着醒了。他们似乎也感觉到了杏树的人影晃动。我们在树底下无法判断树上的人是真是假,是人是鬼,也不知道这个人或者鬼,会不会下来伤害我们,内心里便起了恐惧和害怕。但我们都知道,这个时候即使你怕得要死,也要装着没事,否则,那树上的人或者鬼会更加嚣张。我和三哥,还有懵懂的六弟便在树底下放声大骂,亲娘祖奶的,怎样恶毒的语言都用尽了。而那树上的人或者鬼,似乎不为所动,间或从一根树枝攀到另一根树枝上去,踩得树叶子哗哗地响。这回,确定树上有人是无疑了。

可是,任凭我们叫骂,那树上的人或者鬼,愣是不作回声。母亲也被从堂屋里惊醒了,她那个时候,还没有信仰基督,她一定也是不知道这树上站着的是人还是鬼。母亲先是让我们都停下了叫骂,她用几近哀求的声音给那树上的神灵说话,说我们这一家子人有多么不容易,她哀求这神灵可以找一家家境好的人家去……紧接着,母亲便以对人说话的口气说,你这半夜三更地跑到这孤儿寡母家里,也不怕丧了良心等等。

听着母亲的这些祷告,我不禁毛骨悚然,原本虚张声势,似乎真的是遇见了传说中的"鬼"了。因为如果这树上要是人的话,他早就应该被骂下来了,何况还有母亲那一番语重心长的劝导呢。就这样,我们在树底下不知道僵持了多少时间。其间,我和三哥还找来石头往树上扔,用长长的竹竿往黑暗中的树叶里捅。可是,那不知是人是鬼的家伙依然在树上,保持着死一般的沉默。

最后,母亲大声地吩咐我和三哥说,赶快出去叫人去吧,就说咱家的这树上遭鬼了。母亲的这一句话果然有效,短暂的沉默过后,树上的那个人终于说话了。母亲一听那人说话,差一点没有气晕过去。那人不是别人,就是对门东院的三哥。母亲说,平日里这么腼腆的一个小孩,怎么也会干这种事?

想必东院的三哥也没想到事情会闹到这么大。他嬉笑着说,他晚上在东庄上学拳（武术）回来，有点口渴，就顺着墙头爬上了杏树，没想到刚摘了两个杏子就被起床撒尿的我给发现了，原本想着，自己在树上不吭声，几个小毛孩在树底下叫上一阵子就过去了，哪想到骂得这样难听，还是一个奶奶的呢！后来我母亲出来了，他叫二婶子的，本来想下来认个错，哪知道听了我母亲这一通鬼神都难过的祷告，一时自己竟也不知道怎么办了。

东院的三哥从树上滑下来，我和三哥也觉得刚才骂得太狠了，有点不好意思。母亲佯装生气的样子说，你这个鳖孩子，深更半夜地吓死人了，想吃杏子白天不能给你婶子说呀？

东院的三哥灰溜溜地走了。目睹着这深夜院子里的戏剧性一幕，我和三哥都感到可气又可笑。母亲也非常生气地说，这孩子都是在外面学拳学的，也学不出个好来。

过了没有几年，姐姐要出嫁了。请来的木匠说，这棵杏树是做八仙桌的好料。到了秋天，这杏树就被连根刨起，锯成了做家具的木料。第二年开春的时候，木匠们为姐姐分别做了大八仙和小八仙桌子，加上五斗橱、坐床子等，成为姐姐出嫁时最耀眼的嫁妆。

杏树被刨起的地方，变成院子里一个空洞的大坑，好多年过去了，这个大坑一直没有填平。

2011 年 9 月 11 日 14 点 43 分乌鲁木齐陋石斋

白果

　　乡村的秋天里,风一场雨一场的,茅屋和院子里,便落满了形色各异的树叶。我说的是晚秋的那些日子里,地里的活忙得差不多了,接下来,就要准备的下一个冬天的空闲和清冷。而差不多,这个时候的孩子们,便有了一些大段的时光,可以在村子里东游西逛,惹是生非。

　　我知道这些秋天来得缓慢,好像无边的苦难里,一些为数不多的好日子,大多是不着边际的一样。我习惯了一个人,或者还有三哥,堂弟栓和他的弟弟锁,结伴往村子里面走,沿着一些低矮的墙根,在一条泥巷里东张西望,谁家的一点动静或者新鲜的物事,都逃不过我们好奇的小眼睛。

　　出了家门,南墙根就是一条沟崖。不知道有没人着意开挖过,多少年了,夏天的时候,沟里积满了水,到了秋天就干涸了。大半个村子的雨水,通过东汪(水塘)汇集起来,雨水满溢的时候,就顺着这条沟崖流到一条河里去了。沟崖里两边是参差的槐树、柳树等,我们家对面的那边,有几棵大小不一的柿子树,还有一棵很老的枣树。不过,这些总是停留着美丽念想的果树,全都属于沟崖对面的人家,我们只有趁着没人的时候,偷食,或者捡拾的份。

　　南沟崖的秋天,雨水退去以后,就慢慢地变得干涸坚硬了,时常成为我们爬高上下的游击战场。偶尔有一些积水,也用不了多久,便渗到了低洼的淤泥里去。所以,我的堂弟栓和锁兄弟两个,就常常爬上沟崖,站在我们家的院墙外边,大声地叫喊着我和三哥的名字。我和三哥,或者正在为一件琐事争吵着,或者为一些没有干完的家务活而烦恼,一听见栓和锁的叫喊,我们便放下了争吵和烦恼,一溜烟地跑出去,去与栓和锁会合了。那是一些怎样快乐和忘我的相聚呀,也许只是隔了一个上午的工夫,而我们却觉得,已经有好几天没有见面了。

栓和锁是三叔家的两个堂弟。我所知道的,大概是因为在他们两个兄弟之前,有过夭折的哥哥或姐姐,所以等到这两个兄弟来到人世的时候,奶奶就分别给他们起了"栓"和"锁"的名字,寓意是不言自明的。这兄弟两个有时好得像一个人一样,有时候又水火不容,像两个仇人一样。有一次,栓在我们家里玩的时候,趁人不备,偷了我的一个套着绿色塑料皮的小圆镜。好几天过去了,我自己都没有发现小镜子被偷了。可是有一天,锁气呼呼地到家里来告状,说某天某天,他的哥哥栓,将我的那个小镜子藏在自己的袖口里给偷走了。我这才注意寻找,果然镜子不在了。锁说,镜子就在他哥哥栓的衣服兜里,不信,我可以带你去找他。

我们刚要准备出门,就见栓红着脸,一脸不好意思地进来了。没用谁说,他就把镜子还给了我,说自己拿去玩了几天。然后,红着眼睛瞪着他的弟弟锁。原来,这兄弟两个刚刚在家里打了一架,吃了亏的弟弟锁,便抹着鼻涕大声嚷嚷着,要来把他哥哥栓,偷镜子的事告发。这一下,做贼心虚的栓慌了神,经过一番思想斗争,还是自己主动上门归还的好。这样的事情,在栓和锁的身上经常发生,只是角色和顺序时有颠倒而已。好在这样的事情发生的多了,我们大家都习以为常了。只要这兄弟两个闹了矛盾,准会把对方的那点小偷小摸的事,抖搂个底朝天。

今天,我们约了要去捡白果的。白果树在南沟崖的另一端——周振海的家里。周振海是个老木匠,胖胖圆圆的脸上,长着一脸络腮胡子,整天带着自己的徒弟在外面给人家打家具、修农具,在家里的时候很少。他家里的这棵白果树,据说都快成仙了,四五个男劳力都抱不过来,笔挺的树干插到天空里去,抬起头来,仰酸了脖子都看不见树梢。从春天开始,这棵老白果树就成了村子里的传奇,茂盛的树叶不仅遮住了周振海家的院子,还把大半个南沟崖给罩住了。它的叶子像一把把小扇子,在高高的树枝上扇来摇去,粗大的枝干宛若一条天空的巨臂,而那为数众多的,排列在高处的树叶们,哗哗哗的响声,仿佛来自另一个世界。喜鹊们似乎也喜欢在那高高的白果树上停留、做窝,一群又一群地,飞去又飞来。

到了秋天,白果树的叶子开始由青变黄,又由黄变红,真的是一树漫天的火焰,燃烧着,坠落着。这时,住在南沟崖两边的人家,就会不请自到地到树底下扫落叶,背回家去当柴火烧。那落叶一层又一层,随风洒满了整个沟崖,几乎在整个秋天,甚至到了冬天的时候,都有白果树的叶子在树下飘落。

老木匠周振海没有儿女,便过继了他哥哥的儿子周东里。我叫周振海二哥,他过继的儿子周东里便叫我四叔。那个时候,虽然不是一个姓,但村庄里的伦理就是这样,几十年,甚至上百年的传承,已经使得这样的乡村秩序牢不可破。这样,周东里的儿子大队和二队,便称呼我为四爷爷。可是,那个时候的大队和二队都还年小,见了人家来到他们的院墙外面扫白果树叶,便破口大骂,根本顾不上叫你什么四爷爷三爷爷的。我们便像打游击一样,在白果树下用弹弓打鸟,用竹签子或者铁条子串了一串一串的白果树叶子,自顾自地跑来跑去,风一样自由。

最让人心动的是在秋天里,到白果树下捡拾坠落的白果。往往我们会三五结伴,瞅着没有人的时候,在白果树下弓着腰,像搜寻树叶下的地雷一样,既要小心谨慎,又要眼观六路,还要提防大队和二队兄弟俩在院墙上扔过来的石头和叫骂声。可那一枚枚白果是挡不住的诱惑,捡满了衣服兜里的小挎包,就一溜烟儿地开溜了,管你的石头和叫骂,早已经抛到南沟崖里了。

白果捡回来,直接埋在做饭烧火的锅灰里,等上一小会儿,用烧火的铲子或者火棍子小心地扒拉出来,放在手心里吹去草灰和烧焦的果皮,轻轻地用手一碾,那热乎乎的,像绿宝石一样的白果肉就颤动着,一口吸进嘴里去了。那味道绵软、面乎乎地又有一种细腻的劲道……往往是来得不易,所以才倍加珍惜。我和栓、锁兄弟两个,就常常因为抢食烧熟的白果,没少拳脚相向。因为,大家都把自己捡来的白果往锅底下埋,可是扒着扒着就乱了起来,不知道是你扒了我的,还是我扒了你的,谁也说不清楚的时候,便噘着被锅灰染黑的小嘴,推搡拉扯一番,搞得手上和脸上横竖着锅灰的手印子,最后往往是不欢而散。

下一次见面的时候,仿佛一切都没有发生过一样,别无选择地又走到一起。是啊,一晃,竟是几十年的光景了。想想那些白果,栓和锁的兄弟往事,那从高高的树梢上跌落在沟崖上的白果,多么像一些幼年的珍珠。时光消散了，兄弟们也早已各奔东西，坎坎坷坷的沟崖上，只剩下了这些时间深处的白果。

所谓天涯路漫漫，我已经寻不见了那些旧时光里，随风飘散的秋天和树叶了。在这个秋日的午后，一片西域的阳光，斜斜地照进窗子里来，我的记忆里又一次摊开了那一枚枚白果的光芒，和南沟崖上，一个村庄的空寂和荒凉。任是谁，也回不去了。

2011 年 9 月 14 日 17 点 36 分乌鲁木齐陋石斋

去葛村

　　葛村有"喜期"，姑姥嬷家的三舅还是四舅要娶亲。这是几个月来，姥嬷和姥爷几乎每天都要念叨的事。从热天到秋季，这小半年的时间，我都是在姥嬷家里度过的，似乎就是为了等待着这一天——去葛村喝喜酒。

　　我在姥嬷家里住了这么久，到了秋天的时候，大概是天有些凉了，还是要准备去葛村的姑姥嬷家里去喝喜酒，姥嬷说要给我做一件新衣裳。有一天，姥嬷让姥爷带着我，到隔壁村子里的一个匝(缝)衣服的裁缝家里去。那是一个晌午，还是一个下午呢?天上下着毛毛细雨，一连下了好几天了，可能姥嬷觉得再不去找裁缝匝(缝)衣服，到了葛村的"喜期"那天，怕是来不及了。姥爷在姥嬷的催促下，有点不情愿地带着我，拖拉着一双老布鞋，嘴里边别着一杆旱烟袋，一路上，边走边嘴里不停地埋怨着天气，大抵是不太情愿在这样的天气里出来。而我最感兴趣的，是他怀里揣着的那块蓝卡尼布。几天来，我已经无数次偷偷地摸了好几遍，设想着一件带挎包(口袋)的新衣裳，穿在身上时的烧包劲。

　　穿越一片被刨过的山芋(红薯)地，跨过一条沙石公路，就到了裁缝所在的郭庄。裁缝是一个小媳妇，留着齐耳短发，胳膊上套着两个花布套袖，来不及抬头看我和姥爷一眼，注意力全都在那一台缝纫机上。她手脚并用，和姥爷说着话的时候，顺手用粉笔在那块布料上做了个记号，几乎是斜着眼睛看了我一眼，就说后天来拿吧。然后，就自顾自地忙活开了。我以为那裁缝一定会来量我的身子。没想到，闷头不哈的姥爷扯着我就出了那裁缝的院子。

我是多么失望呀，我多么想看清楚一点，那个做裁缝的小媳妇，深埋在缝纫机里的白皙的脸庞。她细长的脖子，像我见过的一节莲藕般，白嫩，带着荷塘的水滴和清香。我甚至还闻到了从她身上飘散出来的，雪花膏的味道了。

我记住了她说的那个"后天"。我一直等着，按捺不住的激动和兴奋。一天是那样漫长，黑夜来了，我希望这个夜晚可以一晃而过。我在梦中就穿上了自己的新衣裳了。我激动得从床上跳了起来，又喊又叫，被迷迷瞪瞪的姥爷给按回了被窝里。这件事，一直被姥嬤当成笑话说了好多年，直到她再也见不到我了。多年以后，我一去新疆多年，再回去见到她的时候，她和姥爷的坟头上，已经长满了荒草。那个下午，我跪在一片山野的荒草里，泪水里恍惚着姥爷的布鞋、烟袋，他带着我走过的，隔壁村庄裁缝家里细长的院子。

"后天"终于到了。一大早，我就催着姥嬤和姥爷去裁缝那里取衣服。可是姥爷一早就出门了，他挑着一副醋油挑子"溜乡"去了。姥爷是一个醋油匠，家里有好几口熏醋的大缸，还有一盘磨香油的石磨。我已经等不及了，也没有给姥嬤打招呼，记不得吃没有吃早饭，就一个人，沿着姥爷带我走过的那片山芋地，一个人，像怀揣着一个巨大梦想的人，自己摸到了裁缝家的小院。

我径直找到了那个匝衣裳的小媳妇，说要来取衣服。那裁缝似乎是认真地看了我一眼，问了好几遍才想起来，连忙说，哦，还没好呢,到后晌午来取吧。她说完头也没抬就去忙自己的去了。我有些沮丧,又没有办法发作,只有闷着头回到姥嬷家里等到后晌午。姥嬷似乎知道我去了哪里。她没有问我,但我从她的眼神里觉着,姥嬷一定是在心里笑我了。

一个晌午,我烦躁不安地在院子里转悠。记得那个晌午,我拿着一根秫秸,追得一只狗在巷子里无处可逃。回到院子里,坐在一棵老梨树的底下,想着怎么样用一根长长的杆子,把那个吊在树梢上,看上去就要发黑的梨子给捅下来……一定还没有等到后晌午,我又一次沿着那片山芋地,跑到了郭庄的裁缝家里去。我满心欢喜,以为这一次,一定可以穿着新衣服回去了。可是,那个一脸茫然的小媳妇说,还没好呢,怎么这么急呀?这两天活多,明天吧,明天一早再来。我说,明天我要去葛村喝喜酒,要不就来不及了。

姥爷到了晚饭的时候才挑着一副空挑子回来。让我生气的是,他似乎早已经忘记了今天要帮我取衣服的事。我跟他说,我去了裁缝那里取衣服了,让我明天一早再去呢。姥爷诺诺地应声着,摸着我的头,重复着说,明天一早,明天一早……他可能是溜了一天的乡,有些累了,面对我的没完没了,大概是想敷衍一下吧,就这样恍恍惚惚地走神了。

我以为姥爷第二天早上,一定会记着给我取回新衣服的。可是等我起床的时候,姥爷和姥嬷早已经收拾好了。姥嬷说,你姥爷说了,吃了饭就走,到西庄(郭庄)上取了你的新衣裳,套在身上就行了,直接去喝喜酒。我不能理解,在我看来这么重要的一件事,竟被姥嬷和姥爷这样轻描淡写地给过去了。

本来,是要在家里等着来"叫客"的,因为姥爷提前把"喜期"

用的醋油给准备好送去，所以我们就提前一天去到姑姥嬷家去，算是既喝喜酒又帮忙了。

但我还是想着我的新衣裳。我们要去的葛村，正要经过郭庄。姥嬷和其他亲戚似乎在前面走了，姥爷挑着担子，领着我，重又来到裁缝家，这次裁缝二话没说，收了姥爷递过去的手工钱，把叠得方方正正的衣服拿过来了。我没有等姥爷抖落开，一把抢过来，慌急慌乱地套在了身上。衣服有些大，套了一件衣服的上面，还显得有些旷荡。这是姥爷早就交代好的，还是裁缝自己的目测所得？不过在他们的眼里，这是再合理不过的事情了，小孩子嘛，总是要长的，衣服做的大一点，总没有坏处。我忽然想起了自己两次来取衣服，那个细皮嫩肉的小媳妇都说没有做好，而姥爷一来，二话没说就把衣服取上了，果真是没有做好吗？我怀疑她见我是一个小毛孩，手里又没有拿钱，就故意这样拖着，等着大人拿钱来取的吧。

不管怎样，尽管历经曲折，衣服也做得旷旷荡荡，但毕竟是新衣服，心里面的一块石头总算是落地里了。便跟着姥爷的担子后边，甩搭着袖子上路了。

从姥嬷的家北漫溪村，到姑姥嬷家的葛村，大约有十几里的山路吧，记忆中要翻过不止一座的山谷和溪流，缓慢而细长的山路，被连绵的灌木和山林挡着，弯绕而崎岖。

山色弥漫，秋色正浓。穿着新衣服的我，并没有注意到天气的变化。翻过了一面山坡，在一片柿子树底下，姥嬷和一行女眷，已经在一片大石头上坐着等我们了。姥嬷见我穿着旷旷荡荡的新衣服，甩甩搭搭地样子，先自笑了起来。她一把拉过我来，把长长的袖子给卷了两道，前后正了正衣襟，似乎是说了些鼓励还是赞扬的话。我有些不好意思地挣开了。

一行人有说有笑，十几里的山路，便在不觉中过去了。我们很快到了葛村姑姥嬷的家里，受到了堪称隆重的欢迎。只是，没有人会注意到我的新衣服。在这里，我还见到了从西水沟家里赶来的母亲和姐姐还有三哥。三哥见到我新衣服羡慕不已，记得他还哄着我把新衣服脱下来，套在他的身上，穿了好半天。不知道他有没有据为己有的意思，反正他说，这衣服我穿着太大了，不合身。

天有不测风云。正当客人云集，姑姥嬷家里大开宴席的那天，天上下起了大雨，是那种瓢泼大雨。人声喧哗，一时竟无处躲藏，客人们在院子里跑来跑去的，急得管事的那些人无计可施，只得怨天怪地。我只是觉得热闹，和三哥及一帮亲戚的小孩，从这家屋檐下，跑到那家的门楼子底下，看那瓢泼的雨水在地上溅起的水泡，不一会儿的工夫，水就顺着巷子，流成了一条河。

真正的喜宴还没有开始，先到的都是些最近的亲戚。这一场雨，全都被这些乡下的穷亲戚们赶上了。第二天，就要正式迎娶新人了。而我的新衣服，由于头一天在雨水里跑来跑去，沾满了浑身的泥水，母亲拿来一条毛巾擦了，没有干透，我便跟着葛村的一群小孩去山上玩了，竟错过了一席喜宴。

乡村的喜宴，大多是流水席，错过了一席，只有等下一席。我只知道跟葛村的亲戚家的孩子，村里村外的疯着，也借以显摆一下虽然沾满了泥水，但依旧是新做的衣服。母亲和姥嬷她们又不好在亲戚面前发作，总是见不到我的影子。饿了的时候，就到厨子那里盛上一碗杂菜汤子，就着一个馍馍吃得喷香。

一晃到了第三天，"喜期"结束，客人们也都急慌着要走了。我才想起来，我到葛村的这三天，竟然一次也没有正儿八经地坐在桌子上，吃过一席喜宴。

我的新衣服上溅满了泥水。一场喜宴上的快乐和喜悦，就像我的新衣服一样，旷旷荡荡。

2011 年 9 月 16 日 19 点 33 分乌鲁木齐陋石斋

村戏

我一直以为,以北漫溪为中心的这一片连绵的群山,已经是这个世界的边缘了。那个时候,我们还不知道叫这个村庄为北漫溪,我们都叫她北漫子,叫她南边的那个村庄南漫溪为南漫子。我没有去过更远的地方,去一趟漫子(北漫溪的俗称),在我的幼年行旅中,算得上是一趟远门。

以北漫溪和南漫溪为代表的这些山地上的村庄,无论从地貌还是物产上,都要比我们家所在的那些个"平原村庄"要丰饶得多。当然,这里还不仅仅只是地理上的差异,我记忆和印象中的"物产丰富",主要还是来自于一口浓重的"山里口音"的姥嬷和姥爷家里,几乎长年不断的花生、柿饼,以及豆饼、果子饼(大豆、花生榨油后的渣饼)等零嘴儿,更兼有山地上的各种时令果蔬,相比之下,我"平原上"的家,就显得单调和贫乏的多了。

姥爷的家,在一条斜长的东西巷子里,毗邻着北漫子的行政中心大队部。大队部内还有卫生所、门市部等等,整个院子建在高高的台地上,用了大块的、打磨精致的长条青石垒砌而成。据说,这是一所没收的地主家的院子。而地主去了哪里呢?我有时会莫名其妙地想,拥有着这些深宅高院的人家,又会是一些怎样的人呢?而这一切,似乎又不是我那个年纪的人所关心的。我所关心的,是每天早早地和这个村子上的顽童们,爬上高高的石台阶,或坐或卧,晒太阳,听一位公社干部的女儿,在院子里大声歌唱《我爱北京天安门》。

大队部的院子里,人们进进出出,显得各有公干,忙碌不已的样子。他们都进了院子里那些雕花的门廊和有着翘檐拱壁的大房子里去。有时候,我会坐在台阶的长条石上,往高高的屋顶上张望,看着屋脊上那些飞禽和走兽的灰黑色的雕塑,那些憨厚的飞翔和奔跑的姿态,一个人静静地发呆。那些陈旧的瓦片上,积满了雨水和时光的尘埃,太阳的反光,也显得陈旧和迷茫。一座山村的寂静和喧哗,袅袅的炊烟,轻轻地绕过柴院和低矮的屋顶,一棵老槐树上的乌鸦们,正对着一户不幸的人家聒噪不止。

而喧闹也不时从村巷里涌来。在大队部的台阶下面,一块略显平坦的开阔地上,一个卖肉的屠夫,撑在他刚刚剁完肉的大案子上,对围观的村人,指着站在一旁的妇联主任说,你们信不信,我现在就把这个女人的衣服扒了,放倒在案子上,看看这个女人的肚皮到底有多白。众人便一阵哄笑,应声起哄者有之,嬉皮笑脸者有之,也分不出了老少,人们的目光,便都聚焦在长得好看而又着装整齐的妇联主任脸上了。妇联主任显然也是一个见多识广的女人,她先是一下子羞红了脸,接着,便使用了村子里最“恶毒”的语言,咒骂着屠夫。

妇联主任没有丝毫怯阵的感觉,似乎要拉开了架势跟这个不要脸的屠夫斗上一场。而挑起事端的屠夫,被妇联主任骂得是狗血喷头后,便有些招架不住了。众人便跟着起哄。本来已经有些偃旗息鼓的屠夫,在众人的起哄下,便佯着身子往妇联主任的身边走来,嘴里还念叨着说:"你以为我不敢扒你吗?"妇联主任便不由自主地往后退缩着,用手阻挡着屠夫不怀好意的"进攻"。村人们使用了几近于调戏的口吻,嘲笑着不敢假戏真做的屠夫,而受到了嘲弄的妇联主任,似乎也早已经认定,这是一场山村里无聊的男人们,用以娱乐女人的方式,嬉笑怒骂里,便多了一些游戏的成分。

屠夫顺势抓住了妇联主任的手。甚至,还用他那一双油乎乎的大手,隔着单薄的衣服,趁机在妇联主任的胸脯上乱抓了几把,惹得围观的男人们嘘声四起,眼睛里冒出了火焰。

正当人们伸长了脖子等待着好戏上演的时候,一个举着筛子的女人急急地走过来了。人们似乎意识到了什么,人群便一下子安静了下来。而陷于调戏和被调戏中的屠夫和妇联主任,似乎还没有停下手来。那女人一下子扔掉了手里的筛子,冲到人群里,一把揪住了妇联主任的头发,用一个"泼妇"般的蛮劲在妇联主任的脸上,瞬间留下了几道血印子,并呸呸地朝着一脸错愕的妇联主任吐了两口唾沫,那些乡村里羞辱"婊子"的难听话,她一句都没有吝惜,全都给了妇联主任。

愣过神来的屠夫,立时松开了妇联主任的手。他一个大巴掌扇在了那"泼妇"的脸上,紧跟着,他又飞起一脚,把那"泼妇"踹倒在地。在"泼妇"呼天抢地的哭喊声中,羞愧难当的妇联主任,也捂着自己的脸,扒开人群,抽泣着跑开了。

村人们惊愕不已,便纷纷上前拉开了屠夫。人群在尴尬中慢慢散去,只留下了那个伏地哭泣的"泼妇"。人们都知道,这个来势凶猛的"泼妇",是屠夫的老婆。一定是有好事者在屠夫和妇联主任"动手动脚"的时候,跑去告知了在家忙活的她,将信将疑的"泼妇"正赶上看到了这一幕,一时情绪失控,才上演了这一出轰动了整个村庄的好戏。

我坐在高高的石阶上,目瞪口呆地看完了这一场戏。我记不清那伏在地上大哭大闹的妇人,是被谁架着离开的。只知道她痛苦和绝望的哭号声,穿越了整个村庄,仿佛这个早晨的悲伤和耻辱,属于这个山村里的每一个人。

那个嬉皮笑脸的光头屠夫,是我远房的四舅。那个白白胖胖,说起话来总是拿腔作调的妇联主任,我至今也没有想起来她叫什么名字。

2011 年 9 月 20 日 18 点 52 分乌鲁木齐陋石斋

山芋地

入秋以后,最为大面积的收获和忙碌,便是走出村庄,匍匐在四野里的山芋地。在鲁南乡间,从苦焦的春天到溽热的夏日,山芋秧子爬满了沟沟坎坎和田间地头,几乎没有一片土地不是适合这些山芋生长着的。而这些蔚为壮观的山芋秧子,连天接地,几乎就是那个年代里我们的命运一样,是这片土地上最沉着的景色。

山芋,即红薯。村子里的干部们开会的时候称呼地瓜。我们习惯了叫它山芋,虽然大多数人不知道"山芋"这两个字是怎么写的。我知道山芋是怎样喂饱了我的肠胃和幼年的记忆,以至于今天走到大街上,闻见有烤红薯的味道,我的肠胃里还会条件反射地分泌出一种胃酸来,嘴里不由自主地流出酸水。实在是一种难以抵抗的记忆,不管过去了多少时光,山芋地里的那些纠结和绝望般的张望,足以持续我一生的回想。

刨山芋是一个力气活,一般都由力气壮些的男劳力来完成,也有巾帼不让须眉的妇女们,在一望无际的秋天里,挥动着镢头和爪钩,将那些围拢在根秧下的山芋一镢头给"勾"出来了。山芋在松软的沟垄里三五成群,抱成一团,那红润鲜亮的颜色与潮湿的黄土形成了鲜明的对比,也为收获者带来一个瞬间的喜悦。接下来,就是抢运和擦山芋干子了。有条件的,运到场院里晾晒,大多数时候，是就地用"擦床子"擦了，快速地摆在新刨开的山芋地上，一个晌午，白花花的一片，山芋干子就摆满了一片山芋地。

秋天的太阳也毒，一顿饭的工夫，那些冒着气泡和水分的山芋干子就翘起了边。天气好的时候，两三天的工夫就可以"拾山芋干子"回家了。说到拾山芋干子，那也是一家老少全上阵的时刻，因为时不我待，天说变就变，那真是争分夺秒的季节呀。

最怕变天。有时是夜里，睡得正香，噼噼啪啪地小雨下来了，就听得见庄邻四舍的叫唤起来。一户户人家赶紧推了车子，挎上坫子和提篮，急急乎乎地往湖（地）里跑，那晒在湖地里半干不湿的山芋干子，要不在雨水里捡回来，雨水给浸泡或者淋湿了，多半就瞎了，若再是一场连阴雨，那就彻底地糟蹋了。捡回来的山芋干子长了绿毛，到时候恐怕连猪都不愿意吃呢。

我是在夜雨里抢拾过山芋干子的。那是一些什么样的夜雨呢？你不愿意去回忆那些糟糕的夜晚，有时你的睡梦被强行打断了，你迷迷糊糊，戴着一顶随便到手的"席架子"，披上一块破塑料布或者被单子，行走在一条漆黑的、吵吵嚷嚷的乡间土路上，天上下着毛毛小雨或者将要到来的一场更大的雨……一不小心，你跌了一脚，连滚带爬地在一条湿滑的沟渠里挣扎着，被人拉了一把或者是踹了一脚都还不知道；冷风从四面八方来掀了你单薄的衣服，你的被雨水淋湿的那个没有做完的梦，早已经不知去向；你的哀叹和急死忙活的山芋地里，那些尚未被捡拾的山芋干子全都一片慌乱。

我说的是我的幼年时光里，那些新鲜如初的山芋地。在漆黑的夜晚，雨水还是泪水，沾满的那一片原野。从内心里讲，我多么希望从这些被收获和劳动交织着的季节里,打捞出一些少年的欢欣和快乐来,可是,我搜遍了记忆里的角角落落,我的快乐还是那样的稀少!更多的,是那个季节里的愁苦和无奈。

一个少年的欢欣,为什么总是被无尽的愁绪环绕着?因为我无法看见自己的未来,就像我永远也无法让自己从这些永无止境的劳作中解脱出来一样。甚至,在整个村子和连片的大地上,你都看不到任何希望。那些终生劳作的人们,任劳任怨,一生的面容保持着和土地一样的颜色,他们的笑容仅仅是用来在邻里间相互问候。接下来的日子里,还会有更长久的严冬和食不果腹的日子,纠缠着这些为土地劳作一生的人们。

而秋天这样的收获季节,注定会是漫长的,甚至漫长到了冬天。收获在紧张和超强度的劳累中结束了吗?没有,一个季节的时光被收回来了,而土地却一下子显出了空旷。收获后的山芋地上,除了地头上零零星星被运出的山芋秧子,大片被翻开的土地,开始陷入到漫长的蛰伏和沉寂之中。那些不甘于仅此收获的人们,又要开始四处出击了。"倒山芋",就是到已经被刨完的山芋地里用铁锨或镢头尝试性地再翻刨一遍,以期能够在霜冻之前,将遗落在地里的那些没有被刨出来的山芋,捡到自己的"粪箕子"里。

别小瞧了"倒山芋"。有的人一天可以倒满两个"粪箕子",而有的人,却总是连一个"粪箕子"也倒不满。我现在知道,"倒山芋",需要的不仅仅是力气,还要有一分足够的耐心。因为,"倒山芋"不像是"刨山芋"那样目标明确,你只是一下又一下地准确击中目标,你知道你的一镢头下去,你的满是满载的收获就在那里了。而"倒山芋",就像一个失去了敌人的战场,满目空茫,无所归去。脚下的每一片土地上，都有可能掩埋着一块山芋，也有可能，这一整片的土地里，你会一无所获。这真的像是一次次赌博，你不得不投下自己的赌注，却并不能期望每一次都能赢得收获。

有一位李姓二哥，干活似乎是不知疲倦，一天到晚灰头土脸的，却总是能够满载而归。"倒山芋"的那些日子里，他一大早出门，太阳傍黑回家，肩上挑着满满一个"粪箕子"和一个布口袋山芋，从村南头的巷子里穿过，惹得沿街的目光羡慕不已。这位李姓二哥成家没有几年，小日子却过得风风火火，也全是靠着二哥的踏实和肯干。

都说二哥眼力好，他知道哪块地里落下的山芋多，哪块地里落下的山芋少，所以他总能比别人倒的山芋多。有时候，我们学着李姓二哥，跟着他一块地一块地的转。可是，我们总能看到二哥弯腰从铁锨下面捡起一块块山芋，而我们在同一块山芋地里，却只有瞪着眼睛看二哥的份。

时间一长，人们也就散了去，往四周的山芋地里东一铁锨，西一镢头地胡乱掘池着，在湖（地）里转悠了一大圈子，山芋地跑了不少，"粪箕子"里的山芋却寥寥无几。等到傍晚回家的时候，又见二哥用铁锨杆子挑着，晃晃悠悠地往回走了，大家心里面满是嫉妒，却也佩服得不行。

我也曾经一个人，远远地避开那些挥锨翻土的"倒山芋"的人，找一块空旷的山芋地，用心用力地翻着脚下的土地，时间久了，想着想着的心事，就把"倒山芋"这样的事情给忘得一干二净。等到回过神来的时候，往往已是天色已晚，不知过去了多长时间。

我当然不知道这是一种"忘我"的境界。想着一个人的心事便弥漫在整个山芋地里了,远的和近的,欢欣和鼓舞,愁苦和悲辛,一股脑儿地席卷而来。没有人会注意到我脚下的移动,那些新鲜的土里埋藏着的,何曾又只是一块被遗落的山芋。我的收获当然不会是最多的,但我在想着自己的孤单心事的同时,也总是能够有一些意想不到的收获。慢慢地,我竟也自己总结出一些经验和常识,在那些季节,我坚持着以自己的方式"倒山芋",也孤孤单单的一个人,漫无边际地陷入到渺远的往事和幻想之中。

有时候累了,我会坐在一块山芋地的埂子上,望一眼三五里路之外的家和村庄,陈旧的房舍和秋天的草垛,一条油烟小路,曲曲弯弯地延伸着,仿佛一眨眼的工夫就能被风给吹断了似的。我尝试着往更远的地方看去,群山连绵,树影蹉跎,一只小鸟的翅膀也变得遥不可及了。在远方成为真正的远方之前,我固守着一块鲁南乡间的山芋地,望着秋日里明明灭灭的地平线,茫然无措。

而我知道秋天,真的就要落下了帷幕。

2011 年 9 月 29 日 17 点 56 分乌鲁木齐陋石斋

茅埠岭

那时候,我坐在南山的一面山坡上无所事事,一个下午的浮云正在被高处的风卷着,向西,越过了南湖里大片的庄稼地,飘走了。整个湖地里的庄稼也跟随着云彩的脸,阴晴不定。早熟的玉秫秫(玉米)和小秫秫(高粱)地里,人影便小了。一个推着胶车子的人,正在吃力地,往一块地里运粪,这是要急着种麦子的人。那些挥汗如雨的人,全都没有了表情,只剩下晃动的人影和蚂蚁般的肩膀,扛着一个秋天,热凉不均的生活。

我沿着一条毛渠上,稀稀拉拉的杨树梢子,再往西看看的时候,头顶上的云彩早已又换成了另外的一片,风吹着,或被那后面的云彩追赶着,梦一样的漂浮。我追着一朵云彩跑,我的目光,像这山坡上的一线风筝,飘呀。这时我看见了茅埠岭上的那一间草房子,黑色的屋顶,青石垒的山墙,青黄里泛着白光的茅草成为远方的背景。那些树呢? 低矮的、已经多少年结不出果子来的苹果树,完全可以被忽略了的,我只是想到了茅埠岭上,发生在春天还是夏天的,苹果树下的一件旧事而已。

茅埠岭,大概在西水沟村的西南角上,远离村庄,横亘在湖地和西山间的过度地带上,在青石和红土间,长满了茅草和荒芜的时光。早年间常听老年人说,那荒岭上常有鬼怪出没,更有夜间强盗,就是我们乡间俗话说的"断路人",专等太阳下山,夜幕来临,有赶路走脚的,或有拉车客在此被"断了路",留下钱财不说,稍有不从者,头破血流,甚或丢失了性命也不好说。夜间行路,避之唯恐不及,稍见暮色下沉,便见匆匆回家的人,远离了那乱石岗子茅埠岭。

我至今也没有搞清楚这一片荒岭,到底是属于我们西水沟村,还是相邻的沟西村、南尚岩,还是属于另一个公社的板闸湖村,或者凤凰庄的。就觉得这是一个乱石岗子,风吹草长,遍地荒凉。修大寨的时候,这里修了梯田,还曾经听说,有一个青年果园队在这岭上住过一阵子,苹果树长到了大半个人高了,果园队的人却散伙了。

那天,我和二民、云峰,还有毛孩他们几个闲得蛋疼的家伙,相约去茅埠岭上捉鸟。挎上提篮或者背上粪箕子,拿上一把铲子和镰刀。这是应付家里人的,名义上是挖野菜,割猪草去。

起初,我们只是远远地看见茅埠岭上的一片麦子地里,有两个人影晃动,出于好奇,慢慢地靠近了,才发现是一男一女抱在一起,在亲嘴呢。这荒郊野外的,四下里无人,两个亲嘴的人便有些放肆。我们便有些按捺不住的兴奋,但毕竟还是孩子,也不敢过于靠近了去,只是趴在远处的麦地上,翘首以望。不知是谁没有憋住,在关键的时候咳嗽了一声,惊起了麦子地里的一阵"飕飕声",留下两个惊慌的背影,跑了。

转过了一片地,这两个自然主义的"亲密爱人"也彼此趴下了身子,一定还有会心的微笑吧。他们四下里望望,见没有人影,又不敢保证没有被人发现,便复又起身,往一块高坡上的庄稼地里走去。

他们来到了一块烟地,烟叶的枝子大,被一片高坡上的几棵果树挡着,大抵是比一览无余的麦子地里更隐蔽一些。他们有些迫不及待地放下了手里的提篮——那也只不过是他们的一个道具而已——复又缠绵地拥在了一起。哪里知道,他们身后潜伏着的几个"小特务",也尾随其后,紧跟着来到了另一块高处的庄稼地里,还没等这两个亲密的人稳定下情绪,这边又起了声音,朱小芹的邻居兼同学周鲁飞终于忍不住,尖声尖气地骂了一句:朱小芹,你真不要脸!

不知道周鲁飞的这一声"不要脸",是否传到了正在亲密中的小芹和三安的耳朵里去,不过,周鲁飞的这一声骂,倒是吓坏了趴在庄稼地里的"小特务"们。像是暴露了目标的窃贼,这几个"小特务"撒腿便跑,沿着高高低低的茅埠岭,足足跑出了一里多地。当我们回过神来,坐在石头上喘着粗气的时候,才意识到似乎逃跑的不应该是自己。这几个无事生非的家伙,真的像是偷了人家的东西,又掩不住内心的窃喜和巨大的好奇心。我们重新爬上一块高地,朝着刚才逃跑的那块烟地望去,只见两个模糊的身影,一高一低地正在往茅埠岭下面的一条小河边走去。

望着那一对消失的背影,这边的"小特务们",便多少有一些失落。不甘心失败,也许是乡村少年的恶作剧心理,他们决定继续潜伏,或者追踪下去。而当几个失魂落魄的"特务"们来到河边的时候,那两个仓惶而去的"背影",早已经消失得无影无踪。河水里泛着清波,河岸上的槐条棵里,不时窜出一只田鼠或者野猫,槐条密不透风,也是相互拥挤着,紧紧地贴着一条寂静的河岸,相视无语。完全丧失了目标的"特务"们,捉鸟的兴致也一扫而光。对着河岸,"小特务们"齐声高喊着朱小芹和三安的名字,见无动静,又捡了地上的石头和土块,往槐条棵里扔,往河水里砸。一时间土石乱飞,河水四溅,骂声四起,甚至乡间里一些不堪入耳的下流话都出来了。

不知道朱小芹和三安他们是否真的藏在了槐条棵里,果真是,经过了这一番喊叫和"飞沙走石"般的暴力袭击,恐怕也早已经吓坏了,哪里还敢出来呢。也说不定,他们或许早已沿着另一条山路,绕到茅埠岭的另一面山坡上,正在享受着山野的阳光呢。

后来,学校里便传出了朱小芹和三安相好的"绯闻"。还有一段乡野味十足的顺口溜,描述他们在野地里的情形,前面的一句我记不得了,还记得后面那句是:"麦棵、烟棵、条子棵!"这句话的意思,是说他们先后从麦地到烟地再到河岸边的槐条棵里的情形。

这件事情很快就在学校里传开了。而这件事情的直接后果是朱小芹转学去了公社里的另一所学校,而"赚了便宜"的三安,反而在学校里趾高气扬,成为众人崇拜的对象。

朱小芹是公社中学一位下放老师的女儿,他们家就安在我们村子里,朱小芹和她的几个弟弟妹妹便都在我们的学校里上学。朱小芹长得好看,穿着整齐,皮肤白嫩,牙齿洁白,说话也不像我们村子里的孩子那样土里土气。三安他爹是从部队上下来的,在大队里当民兵连长什么的。那时候,还有一件让三安自豪的事,是三安的大哥此时正在部队上当兵,经常穿了军装在村子里炫耀。三安炫耀他大哥在部队上的事,还闹过一个笑话,说是部队上比赛跳高,谁都没有他大哥跳得高,问题是边说边用手比划着说,他大哥一跳就这么高!大家一看,他伸手比划的那个高度,还没有二尺高,便一阵哄笑。

后来三安也当兵了,娶了东水沟的一个姑娘。有一年我探家,早我一年当兵的三安,见了我便问,你在新疆当兵呀,那地方骑马还是骆驼,我们徐州的部队,每天都是坐小包车。我一听这话,一时语塞,不知道该怎样回答他。没有几年他便复原回乡了,据说在一个建筑工地上做起了包工头。

朱小芹,有一年回家我也见过。她已经在中学里当了英语老师,一头披肩发,花格子西服,洋派十足,但我还是一眼就认出了她。我们骑着车子在镇子上的一条马路上迎面走过,过去了很远了,我们相互回头看了对方一眼。

时光过去了多久呀,我都已经快要忘记了那一座荒山秃岭了。二民、云峰和周鲁飞呢,已经四散在人世的风烟里了。茅埠岭上的那一段往事,我再也没有听别人说起过。

2011 年 10 月 1 日 19 点 38 分乌鲁木齐陋石斋

落叶的山谷

我背着的粪箕子上,倒扣着一把竹耙。我和二民是来双山口耙树叶子的。其实在这些秋天里,刨完了山芋和果子(花生)之后,整个山谷里就已经安静了下来,山上的野树林子和山下面的茅草,也显得有些无精打采了。远处和近处的坡地上,到处是一堆一堆的还没有来得及运走的山芋秧子,和半干不湿的果子(花生)棵,那些褪去了颜色和经过一两场霜打过的棵秧上,似乎才显露出这个季节衰败的迹象。

是呀,被收获过之后,满山满坡的土地上,一下子就松弛了,就有了一种被掏空的感觉。其实,这个时候,上山耙树叶子也只是一种借口,秋天过后,拾柴禾的话,完全没有必要跑这么远的路,到双山口来。我和二民约了,我们是想到山里来玩耍。进到山里,等到太阳爬上头顶的时候,我们就扔了粪箕子和竹耙,各自找一块平坦一些的大石头,放平了身子,懒洋洋地睡上一觉,然后才开始漫无目的地在山谷里游荡,等到玩得差不多了,顺手掰下些干树枝子,用耙搂一些地上的落叶和茅草,就顺着夕阳回家了。

这些天来,我们总是这样"早出晚归",像是两个勤快的少年。而那些不为人知的快乐和少年般的恶作剧,只有我们两个人自己知道。我们追逐过不止一只野兔和山猫,用石头瞄准过山下一户人家的瓦房,最最不能为外人道的,是我们尾随着一支娶亲的队伍,沿着崎岖的山路,差一点就要入了人家的"洞房"。事后,我们两个人回到山顶上,对着山下喧闹的院子,掏出了自己的小鸡鸡,放肆地撒了一泡尿,不知道是出于兴奋还是嫉妒,那一刻的心情,朦胧而又复杂。我们趴在山顶的石头上,望着山下被喜庆和欢闹淹没的小半个村子,浮想联翩,说了一些让自己听了都要脸红的大话。

山下的村子,隔着一面山坡,已经是另外一个公社的了。那个村子叫下村还是岳桥,我已经记不清了。虽然我无数次地站在双山口的山顶上,往山下的人家遥望,却没有一次进到村子里的机会。我们的活动范围就在这两个山头聚拢的一条山谷和山顶上。而更大的一面长满了松树的山坡上,似乎我们也很少上去,不仅因为那是另一个村子板闸湖的山林,还因了那树林里的幽深和安静,也使得我们望而却步。传说林子里有野兽出没,还有一些纠缠不清的鬼怪故事,更是增加了那一片山林的神秘气氛。更多的时候,我和二民,只是远远地望着那一片幽深的松树林,发出一些无声的感叹。我们不敢走进那一片林子,又总是心存着无限的渴望和幻想。

不敢往松树林里走,也并不妨碍我们在这条山谷里的漫游。我们的目光越过了层层叠叠的山芋地,低缓的山坡上,槐树,柿树和三五成群的那些叫不上名字的树木错综交杂着,树叶大多落去了,便显得稀疏了许多,一眼望过去,显得空洞和迷茫。山坡上,田埂子上的茅草却旺盛着,阳光便在那些茅草上生长了一样,而我眼睛里真正的远方,就是在这些茅草一样的高度上望出去的。

我们搂耙着谷地上的树叶和散碎的茅草,走走停停,不时坐下来休息,低头望一眼山谷里的黑土,也会抬起头来,盯着山顶上的一片云彩,聚聚散散,想一些人生苍茫无际的事,一会儿,便觉得遥不可及了。

我半躺在一块石头上,嘴里嚼着松子什么的,正在漫无边际地想着自己的心事。二民几乎从另一块石头上一下子跌下来了,他紧张地结巴着说,死人——死人了!

我顺着二民手指的方向,往不远处的一片树林子看去。二民说,看,那棵树上吊着一个人。我哪里还敢走过去,我一眼就看见了那个半吊在树上的人。我们撒腿就跑了。当我们气喘吁吁地跑出双山口的时候,遇见了一个在坡地上推山芋秧子的人,便上气不接地告诉他说,山上有人上吊了。他只是用眼睛好奇地打量了我们一眼,将信将疑,未置可否,然后继续推着他自己的胶车子吭哧吭哧地往前走。

我们就这样边走边说,不知道给多少人说了"双山口上有人上吊"的事情。

第二天,还是第三天就传开了。吊在树上的那个人,是村南头二队的成义。不仅如此,传说是他在上吊之前,先在自己的屁股底下点了炸药,没有炸死,才爬到树上吊死的。据说,半个屁股都没有了。我有些后悔,当时过于害怕没有看清楚就慌张着吓得跑回来了。后来就有好多人过来问我和二民是怎么发现的,我只说是二民发现的,别的就只能一问三不知了。

那个上吊的人我是认识的。他姓周,成义是他的小名,当时好像已经三十好几的人了,一直没有娶上媳子(老婆)。家里穷吧,他爹死的早,大哥娶妻分家另过,他下面还有两个妹妹,曾经想让一个妹妹给自己换亲成一个家,谁知到他妹妹不愿意,偷偷地和村里的一个小伙子好上了,跟着那个小伙子私奔跑了。

过了不久,就发生成义上吊自杀的事情。我们发现他的前一天夜里,好像还下了一场毛毛雨,因为人们从成义的身边还发现了一件雨衣和"席架子"。

后来有人回忆说,在前一天夜里听到过一声巨响,还有人在夜里听到了隐约哭声。

想来,那该是一个怎样凄惨的夜晚。月黑风高,夜雨如刀,那个独自奔赴在黑夜里的人,已经决意赴死了。他没有向这个世界上的任何人告别,他的绝望和挣扎,是多么的彻底呀!他一定是想到了速战速决,用一声爆响来结束自己的生命,可是那炸药的威力太小了,抑或是由于夜雨的缘故,影响了炸药的效果。一声爆响之后,他发现自己并没有死,一定还伴有不可忍受的疼痛。这时,他犹豫过吗,他是否想过要放弃自杀的念头呢?又抑或是怎样的万念俱灰,使他挣扎着,爬到一棵树下,用一根细细的麻绳结束了自己痛苦不堪的生命。

其实就在这个夏天,我和成义还有过一场不大不小的个人恩怨。那天晌午,我拿着镰刀下湖割草,路过成义家的那条巷子的时候,成义也从家里出来,他手里提溜着一把铁锨,歪歪斜斜的样子,想都没有想就顺手往自己肩上扔,压根儿没有想到就在他身后的我。那把还算不上锋利的铁锨,一下子就戳在了我的干腿子上了,当时我就尖叫了一声蹲下身子。我捂着自己已经流血的腿,正要和他理论几句,谁知他一看是我,一转身,扛着铁锨就走了。

我捂着一条流血的腿瘸着回家了。从此,我只要见着成义,就没有过好脸色。而成义,也似乎觉着自己做了一件亏心事,总是在眼神上飘忽的躲避着我。

　　想不到,我和二民在山上遇见的那个上吊的人,竟然是他。

　　在此后的许多个秋天里,我和二民再也没有去过那一条落满了树叶,也长满了茅草的山谷。而每一次路过那一条山谷的时候,我总还是要忍不住回过头去,向着那一条深深的山谷,张望。

2011 年 10 月 15 日 17 点 07 分乌鲁木齐陋石斋

土庙子

那是一座荒废的土丘,或者,还是一座沉睡中的巨大的墓地?记忆中,似乎整个村子里都不曾有人到过那里。荒草和传说,就如同那个年代里的懵懂和浑浊一样,没有人能够说得清楚。

站在我们西水沟村东头的土岗上,向东北方向遥望,越过史家庄的一大片山芋地,沿着一条弯曲的河水,目光就会落在那一座荒凉的土丘上。老一辈的人说,那上面有一座土庙子,塌了,瓦砾遍地,荒草萋萋。站在我们村子的高岗上望去,多数时候也是杂树丛生,云烟缥缈,间或看见一群乌鸦的翅膀,在黄昏的背影里聒噪着。一片昏黄均不见,万树槐叶四飘散。

这片土岗子荒了多少年,已经无从稽考了。想想一些幼时的光景里,确曾有过靠近或者抵达它的机会,但终是因为传说中的凶煞之气和晦气,使得一次次好奇的脚步绕道而行。我不记得那是一年的早春还是晚秋,河面上的水退去了,裸露着大片的沙滩。我们一行有四五个人吧,二槐、进财,还有宝德几个人,沿着村东的这一条干涸的河床,徒步前行,用今天的时髦话说,应该叫户外吧。

天还有点凉,我们穿着单薄的棉衣,一定有人还袖着手,上嘴唇上挂着两行长短不一的鼻涕,哼哼地吸溜着。太阳也一定是生冷了,河岸上的庄稼地和地埂子上的茅草,全都伏在地上,经风吹了,白茫茫的一片。我们当时都说了什么呢,或者什么都没有说,只是低头前行。我们的目的是要拣沙滩上的桃仁,就是拣那些散落在河滩上,淤积在泥沙里的桃核和杏仁儿什么的。

那时候,我们幼时的乡间流行着一种"甩钢瓦"的游戏。掂一块面积不等的小钢板在手上,瞄准往几米开外划在地上的一个小圆圈,顺势扔出去,钢板在尘土里溅起一片惊呼抑或欷歔的声音过后,众人们忙着再去看那个小圆圈,看看那圆圈里杏仁和桃核被钢板铲出去了多少。那圆圈里的桃核和杏仁就是赌注,所有参与的人都有机会扔一回"钢瓦",看谁的技术和运气好,谁的"钢瓦"铲出去的杏仁和桃核就是谁的。所以一个人的衣服兜里,拥有杏仁和桃核的多少,几乎就是财富和地位的象征了。

我们沿着河滩走的时候,是要拣那些泥沙和河滩的杏仁桃核。河滩里的冲积物杂乱无章,有树枝、草筐,还有破旧的衣服,一只鞋子等等,有人说那都是一些死人的衣物,我们绕过了这些不祥的物品,往一片干净的沙地上走去。走着走着,我们的脚步,就在不知不觉中踏上了"土庙子"的边界。土庙子在一座土岗子上,被一些杂乱的树木和荒草掩着,我们在河滩上只是仰头一望,就觉得脊背寒凉,赶紧收了脚步,扭头便跑,唯恐那土岗子上的晦气沾上了自己。就在避之唯恐不及地逃跑时,也似乎有一股邪风像影子一般追来,那恐惧是巨大而真实的。

为什么关于土庙子,会有这样的忌讳呢?今天想来,我还是觉得有些不可思议。想想,原因还应该是那座坍塌的寺庙。寺庙香火旺的时候,据说,每年的春天都有一场盛大的庙会。四里八乡的村子里,有人家老人故去,便会请了庙里的僧人们前去超度。庙里的香火旺,也就聚拢一方土地的灵气和人气。紧挨着土庙子的山岗下面,有一个村子叫马圈村,不知村名何来,但村子不大,几十户人家,似乎与这座土庙子有着扯不清理还乱的关系。

传说,庙里的一个和尚,和河对岸的一个村子里的寡妇好上了,那和尚似不避讳,经常来寡妇家干活,还被人发现背着寡妇过河,甚至还和那寡妇生了儿女。事情终被乡里不容,闹到了庙里,和尚也被赶出寺庙,那寡妇又不愿意远走他乡,和尚便在这土岗子下面还俗,与这寡妇和她的儿女们,在这片荒丘下面,耕种着几亩薄田,繁衍生息。

寺庙是在什么时候荒废的呢?土丘无言,世事纷扰,尘世间的烟云,早已经覆盖了那些传说中的往事。等到我站在村子东边的沟崖上,向着那一片荒废的土丘张望的时候,那里已经变成了一个在那个年代里,遥不可及的神秘之地。

我也只是从我的乡音里借来了"土庙子"这三个字,沿着当年乡亲们的记忆和描述,来接续一段幼年的回忆而已。真实的境况在哪里呢?我查遍了关于家乡的文史资料,关于这一座"土丘"的记载,没有留下只言片语。而到底它原来的称谓是什么呢,乡人们的口口相传会不会有误?甚至我还怀疑"土庙子"这三个字,是不是它原来的称谓?

这一系列的疑问,似乎都不再有任何意义了。因为我发现,人们早已经像它当年的荒废那样,彻底忘记了它的存在。我询问了村子里的同学和亲人们,他们对我的问题陌生得就像我遥远的漂泊,一头雾水不说,甚至还觉得我是在编织一段虚幻的传说。

几乎可以断定的是，这个在我记忆中着荒芜的土岗子，已经从我故乡的土地上彻底地消失了。今天，我用了一个下午的时光，来回忆和修复一座土庙的记忆，它那样遥远，飘忽不定，又那样清晰地浮现在我的眼前。

　　也许，它也注定只能是我一个人的记忆了吧。

2011 年 10 月 17 日 20 点 24 分乌鲁木齐陋石斋

棺地

　　在乡间,似乎每一座村庄都应该有一块棺地。"棺地者",顾名
思义,乃坟地也。但棺地又不是纯粹意义上的坟地。一般说来,它
原来可能是一块坟地,也可能是一堆乱石岗子,一座荒废的土丘,
一处杂草丛生、荒弃不用的污秽之地。

　　村子的棺地,在家后的一片柏树林里,毗邻河滩。棺地上的古
柏已经没有几棵了,可是,那高高低低的坟头还在,荒乱的杂草掩
映着,远远近近地,是一些山猫和野狗的干号,随便是哪家的柴草
和脏东西,都是一股脑儿扔到那里去。

　　这一片棺地已经有几代人的历史了吧,也曾经是一个显赫家
族的墓地,后来有在京做官的族人,遭了诛斩九族的灭门之灾,一
夜之间,整个家族的人四散而去。侥幸逃命的人,隐姓埋名隐遁他
乡,一代又一代人消隐了祖先的姓氏,也将一片祖先的栖息之地,
消隐在时间的荒芜之中了。

　　只记得那是一片萧氏祖坟,却没有发现整个村子里,有姓萧
的人家。古柏上的干枝,偶尔会有些乌鸦或者过路的候鸟停留的
踪影,依稀的院墙和牌坊,已成残垣断壁,一些倾斜的石碑上,是
一些我那个年纪里模糊不辨的文字。在生产队的时候,有人把那
些碑石拉去建了牛圈和猪舍。从春天里开始,谁家的瘟鸡和死狗

什么的，也都会扔进了那片棺地里去。时间长了，即便是棺地里的杂草长得再怎么茂盛，也没有人愿意冒着晦气进去放牧和收割。

冬天的时候，天黑的就早，人们挤挤挨挨地在巷子跟前袖着手啦呱，说一些古今中外的大事，也会议论一些东邻西舍的家长里短，但就是没有人愿意把话题引到那片棺地里去。这是一个村子里，几辈子人的默契。人们不愿意谈论棺地上的事，也还有一些鬼神间的神秘气息，笼罩在整个村子里。

不止一次有人在夜里，看见了棺地里跃动的鬼火。那些星星点点的火苗，在幽深的夜晚里闪着幽蓝的光焰，像是谁在黑夜里眨动的眼睛。更为魅人的是，那眼睛般的火焰，还会在棺地里游动，有时他会跟随着你的脚步，连同你咚咚的心跳一起走动，你猛一回头发现了他，他也不会躲闪，你停下来，他也跟着停下来，你去追他，他便不紧不慢地跑开，等你追到棺地里，一转眼，他就消失得无影无踪了。

有一个半夜起五更轧碾（在石碾子上碾粮食）的小媳妇，远远地看到有一个人在轧碾，走到跟前了，那人转身挎起埝子就走了。可能是走得匆忙，磨盘上落了一只挖粮食的瓢。这小媳妇想，都是乡里乡亲的，怎么也不打个招呼呀，想着，也就没有往心里去。等到小媳妇轧完了碾，往埝子里斛搂粮食的时候，天也亮了，就发现那人留下的瓢，原来是一副人的头骨。小媳妇吓得粮食洒了一地，没命地往回跑，回到家里便一病不起，到处请人看了几个月，也没见病情好转。后来不知在哪里请来的一位先生，说是棺地里的鬼魂附身了，那鬼在阴间要纳妾，看上了这家的小媳妇，非要带走不可。

先生在小媳妇家里做了几天法事，说是暂时驱赶了那棺地的鬼魂,但不是长久之计,过上些日子,那鬼还会出来。家人便急了,央求先生施以救命之术。先生说,救命的办法是有,就是看能不能把那鬼捉住,用一把桃木剑给斩了。

遵照先生选定的日子,小媳妇的家人召集了村里的青壮劳力,手持棍棒、手电、火把等,在一个夜晚的三更天里,埋伏在碾盘的周围。还有一路老人,带了朱砂红纸做的灯笼、炮仗(爆竹)等,蹲守在棺地边上,目的是等这边的斩鬼行动开始以后,便在棺地里挂起朱砂红纸的灯笼,燃火放炮,让那厉鬼回不了家。

这边等了半天,也没有见鬼来。只听先生一声惊叫,说是鬼来了,快快追去!众人应声呐喊起来,不知道是给自己还是给别人壮胆。先生挥舞着桃木剑在前面指挥,一时间手电筒的灯光四射,火把也被举得高高的,却不见有鬼的踪影。先生说,鬼正要逃跑呢,被他的桃木剑刺了一剑,估计是受伤了,正往东汪(水塘)方向逃跑,赶快去追!众人便有些兴奋地叫唤着,打着手电,举起火把,也不管是真是假,跟着就往东汪的方向追去。追到东汪跟前,先生又指着一个猪圈说,快,那鬼躲到猪圈里去了,众人便一窝蜂地追到猪圈里去。

猪圈里一头熟睡中的大白猪,哪里受得了这等惊吓,便上蹿下跳地要往猪圈外面跑。先生说,就是他,鬼魂附到猪身上了!都说狗急了跳墙,没有人知道猪急了也会咬人。有一个急慌忙乱的小伙子,在猪圈上没有站稳掉到猪圈里去了,便被这大白猪在屁股上给咔哧咬了一口,连疼带吓,小伙子没有人腔地一通乱喊。众人们更是乱了手脚,先生也被这大白猪突如其来的一口给蒙住了,没想到这鬼魂附体的猪已经咬人了,便脱口而出,赶快打呀,往死里打！

一顿棍棒下去之后，不知过去了多久，等惊恐的人们回过神来，大白猪躺在猪圈的稀泥里，一命呜呼了。

那边守在棺地里的一拨人等，听见了东汪这边的动静，便炮仗灯笼的一起上，把棺地的各个路口都给堵住了。此人鬼一役，村民们大获全胜。

大白猪被打死之后，除了参与打鬼的人吃喝一顿之外，便都分给乡亲们吃了。小媳妇的家里赔一头猪的钱，治好了一场要命的病。村里的人都说，值得！

而关于鬼魂的传说，似乎也并没有随着打鬼的结束而消失。不停地还有各种关于鬼魂的传说和谣言，在村子里流传着。

有一年春天，住在我们学校旁边的周老太死了。周老太已经很老了，八十多岁了吧，他的儿子好像在甘肃的沙漠里工作，女儿嫁到了外乡。平时我们上学的时候，老太太挪着小脚，经常在我们的学校门前走来走去的。

听说周老太死了，我们便都忍不住跑去那间小屋里探头探脑地看。老太太的小院不大，里里外外地围了好多人，她躺在那间土坯草屋的门板上，脸上盖着一张黄草纸。突然听见有人喊道："快，给我三奶奶让开一条道！"

喊这话的人，是周老太的远房孙子。我还在迷瞪之中，就见围观的人群从门洞开始，自动地后退着，人群里留出了一条缝。一股小风，贴着地面，打着旋儿从堂屋里，一直旋到了院门口，不见了。这一幕看得我目瞪口呆。有人这才说，这老太太真犟，折腾了半天，好说歹劝地，终于把她给劝走了。我这才明白，原来是人们终于把老太太的魂给劝走了。按照乡间的习俗,人死之后,魂还在身体里不愿意走,要经过一番劝慰,才借着一阵风,飞飘而去。

那么,这个周老太太的魂飞到哪里去了呢?是去了她故去的亲人那里,还是借着风势去了天堂? 这不由又使我想起棺地里的那些鬼火,难道,这就是那些故去的人们,没有飞走的灵魂吗?

有了这样的场景和记忆,我对鬼魂的故事深信不疑,朦朦胧胧中的恐惧和害怕,一直伴随着我离开那个村子为止。到苍山二中上学的时候,学校离家有二三里路,每天晚上晚自习结束以后,都是我内心最为纠结的时刻。从学校里出来,回家的路上,怎么都绕不开那一片尚岩村的棺地。

还没有上学的时候,在一些若有若无的夜晚,我们都会站在村口,远远地眺望这片棺地上的鬼火在河北的一片荒地上跳来跳去。我们踮起脚尖,伸长了脖子地跟着那一星鬼火在黑夜的原野上游弋,直到那鬼火消失了为止。那时还没有感到害怕,是因为远吧,我们和鬼火之间还隔着一条河流,我们站在河南岸的村口这边,而鬼火总是河北岸的棺地上漫游。

尚岩村的这一片棺地, 由于是在几个村子之间的一片荒地上,所以在夜深人静的时候,空旷中就更增加了些无所依傍的孤单。经常有路过的外地人被鬼给迷了路的传言。有一个人晚上在亲戚家里喝多了酒,回来的路上,明明看着是一条明晃晃的大道,却自己走到了河水里去,幸亏这时有两个人从后边经过,见情况不对,对着河水喊了一嗓子,才救下了他的一条命。

邻村的一个姑娘,大白天的从棺地旁边经过,不知道是被人给拉到玉米地里给洗劫了一番,还是鬼魂给迷惑住了,出来之后人就疯了，人前人后的，见人就脱自己的衣服。

棺地的传言加上自己的恐惧，使我对这一段上学的路记忆尤深。有一些夜晚，我硬着头皮走过，真是心惊胆战呀，你看着前面的路，觉着后面有人跟着你，你走他就走，你停他也停；你往后面看吧，就觉着前面有人挡着道呢，你呼吸加速，就听见也有人跟你一样的呼吸；你心里咚咚地打鼓，害怕得要死，却偏偏有一个人影子一样追随着你，你还不敢跑，你害怕一旦跑起来，那个追你的人比你跑得更快！

这一段路，一直这样折磨了我两年的时间，一直到我从苍山二中毕业了以后，还是不敢在晚上一个人，从那一片棺地旁边经过。

有多少年我没有回乡了？不管是家后头的那一片棺地，还是我上学经过的那段顽强地延续到了今天。我早知道自己是一个已经失乡了的人，那一片土地上的尘土和魂魄，已经随着我漫无目的的漂泊，四散在无垠的时光和旷野里了，但我依然抑制不住自己的想念和回忆。

那是一片怎样的故土呀？请原谅一个游子的记忆里的满目荒凉。

2011 年 10 月 18 日 19 点 03 分乌鲁木齐陋石斋

北山的阴霾

我的阴霾来自于北方。在我居住的村庄以北,那个被村人们称之为北山的天空下面,总会有一片命运般的阴影,覆盖在我最初的记忆里,并成为我多年来挥之不去的一片"乌云"。

那一年,在我懵懂的记忆里,已经神志不清的父亲,被人从北山的医院里抬回了家里。据说父亲患了脑炎,在北山的医院里住了几个月的院,耗光了家里的积蓄和全部的希望之后,终被医生认为没有救了。父亲被人抬回家的那个下午,北山顶上的那一片乌云,就一直追随着他,一直追到了他生命的尽头。父亲被抬回家,在病床上躺了一个月还是两个月之后去世的,我已经无从记忆了,但在我的心里,来自北山方向的那一条乡路,便一直成为我幼年的畏途。

我所说的北山,就是今天被称之为"鲁南小泰山"的文峰山。那时,村子里几乎没有人把北山称呼为文峰山。在乡人们的眼里,北山上的医院,是除了卞庄县医院之外最重要的大医院了,整个苍山县西部,十里八乡的病人,几乎都集中到北山上的这座医院里来。

记忆中,在父亲病逝后的许多年里,母亲几次生病住院,也都是在北山的医院里。记得一年夏天,母亲又生病了,在家里躺了好几天也不见好转,大哥和二哥用胶车子(鲁南乡间的独轮车)推着母亲,去了北山的医院。那些天总是阴云连绵,家里吃了上一顿顾不上下一顿,想母亲想得不行了,我没有给任何人说,就一个人光着一双脚丫子,沿着村北头的那条泥泞的土路,穿过了不知道多少个村庄,一直找到了北山上来。我有点记不清了,最终是怎么见到躺在病床上的母亲的。也许是姐姐在后面追上了我,或是我独自一个人在去往北山的路上,被村子上的人看见了,顺便带我来到了母亲病床前? 我只记得在医院外面的山坡上,我陪四叔和几个亲戚一起吃的那一顿饭。因为那顿饭,我吃到了一顿用了酱油炒的长豆角,就着掺了粗粮的馒头卷子,几个人围着一棵树下的石台子,吃得津津有味。那是我的记忆里,第一次知道了这世界上还有一种叫酱油的东西。

据说,今天的文峰山已经成为了当地著名的旅游风景区了。想想那些幼小的岁月里,除了饥饿和病痛,我对北山上的风景,真的是没有留下过什么深刻的印象。不过想来,我至少有一次爬到了北山顶上去了的。三年级还是四年级的一个清明节,学校组织去北山上的"文峰山烈士陵园"扫墓。春风三月,杨柳新枝,山上山下的路上,全是浩浩荡荡的学生队伍。这样一次盛大的场面,总感觉不是在去祭奠,而只是在去赶赴某种热闹的集会而已。很快,不断涌来的人群,将盘桓的山路拥挤不堪。现在想来,很大的可能是全公社的学生都集中到了那一天举行一次扫墓活动。

一大早从家里出发的时候,母亲给我和三哥装煎饼的包里,每人塞了个鸭蛋还是咸鸭蛋,一些香椿芽咸菜,一根剥好的葱。为了参加清明节的这个活动,我和同在一个班上读书的三哥,早在头一天晚上就已经兴奋得睡不着觉了。我们早早地挎着书包,穿戴整齐地来到了学校。当我们扎着红领巾,排着队从村子里出发的时候,一个背着粪箕子拾粪的二愣子不怀好意地说,一个个人模狗样的,可别爬到山上下不来了。走在我边上的宋君芝老师,捡起一块地上的土坷垃扔了过去,嘴里还骂了一句脏话什么的。当时,我们愤怒的表情里,满是对那个二愣子的鄙夷和不屑,因为谁都知道,一大早出门远行的时候,最忌讳别人说一些不吉利的话了。

在山上的烈士陵园里,举行完了简单的仪式之后,整个队伍就散开了,一片人群的汪洋,缓慢成一条往山上倒着流淌的河流。不几分钟的时间,沿着台阶的盘旋弯绕,大部分人都已经找不见了,老师只是说下午下山的大概时间,剩下的行程,全在自己的掌握之中。我与三哥和班上的几个同学,最初的目标,是要爬到半山腰的"赵博墓"和"赵博铜像"的位置,然后,吃完包里自带的煎饼,就可以下山了。可是,刚爬了没有几步台阶,就见有人手里举着煎饼,开始边爬山边吃开了。可能,是那包里的一个鸭蛋而且还是鸭蛋的缘故吧,平时家里舍不得给吃鸭蛋,好不容易有了这样的机会,包里揣了个鸭蛋,怎么不惦记着呢?我敢断言,不少人早在上山之前,恐怕就盘算着包里的鸡蛋或是鸭蛋了吧。

到了"赵博铜像"之后,有几个同学说要爬到山顶上去,看看山后的风景。本来有些不支的体力,看看四下里陌生的山林和三三两两的全是不认识的人,我和三哥也就没有了别的选择。我们跟随前面的人,开始了堪称艰难的"爬山"。开始的时候,是上气不接下气,后来,有人说侧着身子在石阶上走,可以省点力气,我们试了,果然有效,不过好景不长,很快就又陷入到了同样的气喘吁吁和疲乏的境地之中。

又累又渴，可能是因为刚才爬山的时候干啃了煎饼，吃了一个咸鸭蛋，还有咸菜，都没有水，也不知道带水上山，加上又流了那么多的汗。我的嗓子冒烟，嘴唇干裂得厉害，到了几近晕厥的地步，实在是爬不动了，便趴在山道的石阶上喘着粗气，不爬了。望着那些勇敢向上攀登的同学，我的眼睛里，只剩下羡慕和嫉妒了。三哥本来也是要坚持往上爬的，后来见我趴在石阶上不动，便也不情愿地放弃了。我们在石阶上坐着看那些上山的同学，从我们的身边喘息着经过，心里多少还是有一些落寞的。

不知道在山道上坐了多长的时间，发现有人已经从山上返回来了，不知道是他们爬到了山顶返回来的，还是和我们一样，爬不动了，半途而返的。等到我们下到山底下的时候，太阳已经开始西斜，泛着一团虚弱的光晕，摇摇晃晃地往下坠着。我和三哥转了好几圈，也没有找到集合队伍的老师，便随着零星下山的人群，自己磨叽着往回家走了。

这一次不成功的爬山经历，不知道是不是加深了我对神秘北山的恐惧感。

几年后的一个春节，大年初一的早晨，吃过了拜年饭，便和村子里的一帮小伙子，迎着一股小北风，说说笑笑地走向了北山。这一次是一鼓作气爬上了山顶。当我在山顶上看到由于光照而融化的积雪，还有和山底下不一样的松软的黄土，心里面着实有了一种换了人间的神奇感。更为神奇的是，站在山顶上眺望山下的村庄和树木真有那种一览众山小的感觉，那些挪动在山下的行人，也像蚂蚁一般的渺小起来。这真是一种奇妙的感觉。我站在山上，努力地眺望远处的村庄，试图找到我们出发的那个村庄，除了远处的云烟和一片苍茫，什么都没有看见。倒是山后面的后院村里，看得一清二楚，房舍、猪圈、竹林和柴火垛，甚至山村小巷里的行人，都看得一清二楚。

山风猎猎，暖阳无限。只是，山顶上的时光毕竟是短暂的，感觉我们只在山顶上停留了一小会儿，大部分的时间，都用来爬山和下山了。如果没有记错的话，这应该是我在故乡的日子里，最后一次爬上北山。时光蹉跎，我一去故乡多年，那个被称为文峰山的北山，自此成为我记忆里飘忽的回忆和怀念。

2006年夏天，和我一起在新疆当兵的六弟不幸因公殉职。等我在新疆处理完了六弟的后事，大哥说已经和县里的民政部门联系好了，六弟的骨灰可以安葬在文峰山的烈士陵园。我知道这一次，又没有绕开北山。以我个人的意愿，完全可以将六弟安葬在南山上父亲的墓地旁边，没有必要非要安葬在那个什么烈士陵园里去。可是大哥倔强，以家长之尊，没有更改和商量的余地。在他的观念里，以为是为六弟争取了一个多么大的身后光荣。更不可思议的是，明明陵园的墓地已经安排好了，迷信的大哥却又听信了一位风水先生的话，说什么陵园给六弟安排的那个墓地位置不好云云，被忽悠着，在紧靠陵园的一块商业墓地上花了两万多块钱，又给六弟重新购买了一块墓地。等我回到家的时候，一切都已经安排妥当。我沉浸在痛失亲人的悲痛之中，虽然心中多有不满，但也只有听由大哥他们安排了。

在北山上安葬了六弟之后，曾经有人劝我，回来一次不容易，要我到山上看看，散散心。可是，我当时的心情万分沮丧，一点游玩的兴趣都没有,没在家里呆几天,便裹着一腿泥泞踏上返回新疆的旅途。

我在想,一方水土养一方人,为什么北山总是这样牵扯着我生命里最隐秘的疼痛?往事不堪回首,可是我故乡一样遥远的远方呀,绵延的北山,任你有绝世的风景,在我眼睛里,总是弥漫着悲伤。

2011 年 10 月 22 日 18 点 09 分乌鲁木齐陋石斋

村庄的咒语

　　六弟出生的那年秋天,我的记忆里竟然是一片模糊,要不是他出生三天后父亲的病逝,我一定还在北漫溪的姥嬷家里,享受那个秋天的花生和酸枣子的山野童年。可是,命运的转换,就在那个冰凉的季节里一瞬间完成了。

　　六弟出生,父亲去世,也把一个家庭的苦日子推向了无望的悬崖。对于父亲的葬礼我是有过记忆的,而关于六弟的出生以及他其后的成长,我竟然是混沌一片。要不是在三十多年后六弟的葬礼上,听了姐姐的一番哭诉,我是不知道六弟在那些艰难的日子里,怎么活过来的。在六弟坟前的草地上,姐姐泣不成声,她唱词般的哭诉里,说六弟生下来就是一个苦命的孩子,是姐姐用一把铁勺子,伸到做饭的锅底下用东拼西凑的一把小米、玉米和地瓜干子磨成的粉熬成的糊糊,帮他度过了生命里最初的那些岁月。当然,那把铁勺子里也偶尔煎过一个鸡蛋和面糊糊,随着六弟饭量的增大,那把铁勺子已经喂不饱他了。姐姐的哭诉还没有结束,在众人的搀扶下,姐姐在几近昏厥的悲痛中完成了对六弟一生的追诉。在北山空旷的墓园里,六弟一个人,孤寂而又决绝地完成了自己苦难但又桀骜不驯的短暂一生。

　　等到我有了记忆的时候,六弟已经自己会走路了。那年夏天,家里给六弟新买了一件针织条纹短袖衫,我背着他去往庄子里的一片阴凉里,本来是要帮着他显摆一下新买的衣服,谁知我刚从后背上把六弟放下,眼尖的思道大娘就开口说了,这小孩是个毒虫呢,一下生就把他爹给毒死了。我知道思道大娘说的"毒",就是命硬的意思,大意是说六弟的命太硬了吧。六弟刚刚学会走路,他哪里听得懂这些话。正在衲鞋底子的疙棱眼的大婶子也接上了话说,这孩儿就是毒呢,比刚冒红的太阳还毒,不知长大了,还要毒死谁。我听了这些话,直感到头顶冰凉,一直凉到了脚后跟。疙棱眼的大婶子口无遮拦,根本没有把我和六弟放在眼睛里,她只顾自己说得痛快,哪里知道我呆呆地扶着六弟站在那里,不知道是赶快逃离,还是继续在那里听她们的议论。我想我肯定没有立即背着六弟离开那片阴凉,要不然,我不会把思道大娘和疙棱眼大婶子的这些锥心般的话记忆了这么多年。

我一直没有把思道大娘和疙棱眼大婶子的这些话讲给任何人听,我一直藏在心里,多年来我以为自己已经早就将这些话忘记了。六弟活着的时候,我一直想找个机会把这个话讲给他听的,却一直没有找到合适的机会,一直到六弟去世的时候,我才又一次想起了这些话,可是我已经没有机会了。

难以想象的,六弟的童年,是在一种怎样的乡村咒语和气氛中度过的。到了上学的年纪,六弟背着的是我和三哥背过的书包,他身上的衣服,几乎集合了大哥、二哥、姐姐、三哥和我的旧衣服的全部"精华"。母亲用我们穿破的衣服,缝补"粘连"成一件更小的、适合于六弟穿的衣服,似乎这是天经地义的。记得姐姐穿过一件黑色条绒上衣,分别在三哥和我身上穿过了,后来被改制成一件更小的褪了色的条绒上衣,又在六弟身上穿了好几年。他头上戴的一顶帽子,似乎也是我曾经戴过的。现在想想,那时候看着六弟穿着一身旧衣服,戴着一顶缝了补丁的帽子,脸上冒着热气地往家里赶,真的不免有些心酸。可是,六弟出生在这样的家庭环境里,母亲的嘴里经常念叨是,六(六弟的小名就叫六)能活下来就是他最大的福气了。言下之意,穿得差一点,吃得孬一点,还有什么说道的呢。想必母亲也认为六弟是一条"毒虫",或许我们家里所有的人都认为,出生三天就把父亲"毒"死的六弟,真的是"毒虫"了。

没有父亲的日子里,大哥和二哥成为最主要的家庭支柱,母亲更是无暇顾及到六弟的。剩下的是不到十岁的姐姐在照看着六弟,我和三哥上学以后,基本上也是没有工夫顾及六弟的。我似乎从来没有想过,在每年的饥荒和断炊的日子里,六弟是怎么跟着一家人活过来的呢?

六弟慢慢长大了,但是性格怪异,不喜与人交往。这几乎成了一家人的心病。他上小学的一年冬天,放学后在回家的路上,跟着同学在结了冰的东汪(水塘)里滑冰,不小心掉到了冰窟里,半个身子都湿透了,浑身发抖。可是回到家里又不敢声张,就一个人跑到锅屋的柴火堆里趴着,藏了起来。三哥发现后,拧着他的耳朵揪出来一顿乱揍,我看不下去了就围着磨道转着圈地隔着六弟,六弟闷着头,也不反抗,但绝不屈服,这就更加激起了三哥的愤怒……最后还是从外面回来的姐姐给解了围,赶紧给他换下了湿衣服,用一床被子包了,放到了床上去。

惹是生非的六弟,总是家里所有人教训的对象。平心而论,更多的时候,我们还是下不去手,母亲也总是说,可怜见的,抬一抬手就过去了，能让着他的，就让着他吧。慢慢地六弟的反叛性格越来越明显，实际上是他进入了青春期。在温饱还是个问题的年代里，谁还有工夫顾得上什么"青春期"？随着大哥、二哥相继成家单过，姐姐也出嫁了，家里就剩下了母亲、三哥、我和六弟。本来和我在一个班上上学的三哥也辍学回家了，我上高中的时候，六弟也上到了五年级的样子。可是，家里慢慢发现，六弟开始逃学了。勉强考上了初中，他逃学的次数也越来越多。那年冬天，有人发现，早晨上学的路上，六弟一个人在家后的桥洞里烤火。

后来母亲就跟着他在上学的路上走上一截子，可是他等母亲回家后，就一个人又从学校里溜出来了。母亲没有办法，眼看着六弟连初一都没有上完，就辍学回家了。大概是我当兵离开家的那些年吧，已经身强力壮的六弟开始频繁地和三哥发生肢体冲突。没有办法，三哥南下广州打工。母亲已经逐渐丧失了劳动能力，家里的全部农活，就落在了还没有完全做好准备的六弟肩上了。

好在三哥及时将他在广州打工的钱寄回家里，家里的经济条件慢慢地改善了，这时已经长大的六弟也到了该成家的年龄。因为我们家庭的贫穷在村里是出了名的，加上六弟不好好上学，性格暴烈等原因，接下来给他成家的事，就成了一个严峻的问题。当时三哥已经在广州成了家，我的经济条件也有了改善，主要由三哥和我共同出资，大哥和二哥在家里筹集劳力，在村子里给六弟盖起了三间平房。第二年我探家的时候，又向在乡财政所的同学借了六百元钱，拉起了院墙。盖起了房子之后，心已经野起来的六弟却不愿意在家里待了。他言辞恳切地希望我能够帮他来新疆当兵。我当时心里非常矛盾，就硬着头皮答应带他来新疆。几经周折,帮他当上了兵,也学了驾驶员,后来又把他从阿勒泰某边防团调到了乌鲁木齐某汽车连。六弟倒也争气,在部队的大熔炉里,也学到了些做人做事的道理,有了自己的人脉关系,后来他自己申请到了南山一个部队的电站里去工作,并独挡一面。可不幸就在这个时候发生了,已经娶妻生子的他,下班后帮一位哈萨克牧民整理电线时,出现了意外,他三十六岁的生命,结束在了一根牧民的电线杆子上。

　　事后我曾感到了深深的自责。我也曾经想过,如果他当初没有来新疆当兵的话,会不会是另外一种情况呢?可现在一切都没有了假设,命运也从来不相信假设这东西。我记起了六弟童年的那个夏天,思道大娘和疙棱眼大婶子的那些关于"毒虫"话,竟然咒语般地应验了,只不过这一次,是六弟他自己。

2011 年 11 月 1 日 23 点 39 分乌鲁木齐陋石斋

一锅南瓜汤

　　秋天快要结束的时候,院子里的黄叶撒了一地。天气有些阴沉,我坐在院子里一堆半干不湿的山芋秧子上,望着草屋顶上的几片树叶发呆。三大娘怯生生地敲开了院门,她细声细气地称呼我的母亲为二妹妹。说着,就从她肥大的衣襟里取出一个半大不小的南瓜来,交到母亲手上说,长在东沟里的一个南瓜,都快熟透了,快煮煮给孩子们吃了吧。

　　晚饭,母亲做了一大锅香喷喷的南瓜汤。大家围坐一张桌子上吃饭的时候,母亲说三大娘的这个南瓜,肯定是背着三大爷偷偷送来的。三大娘家与我们是前后院,想必她一定是知道我们家里吃了上顿没有下顿的情况。

　　我无法知道,送上这一个南瓜,她需要下多大的决心和勇气。三大娘身材瘦小,说话的声音总是比别人小了好几倍。而人高马大的三大爷却是动辄就要竖起三角眼,说不定什么时候就会发火的人。我能够知道的是,其实那个时候,谁家也没有多余的粮食,心地善良的三大娘,偷偷地把一个南瓜送到我们家里来,要是被三大爷发现了,肯定又是一场难以避免的"家庭风暴"。

　　三大娘一定是如释重负般地离开的。有多少饥馑的岁月,三大娘那一双被缠裹过的小脚,徘徊在我们家前屋后的小巷里,她总是把一瓢山芋干子或者一棵脱了叶子的白菜，裹在自己的衣襟里，瞅个没有人看见的机会，偷偷地送到我们家里来。她像是做贼一样地往我们家里"偷"东西，主要是当时三大爷当时在生产队里当保管员，家里的粮食略有盈余而已。而从小过惯了苦日子的三大娘，心怀里一定是不忍心看着我们这一家子，大大小小的孩子吃不饱饭。而三大娘又总是嘱咐着母亲千万不要让孩子们出去乱说，我们便都守口如瓶，在那些艰难的日子里，心怀着感激，却又要保守着秘密。

对于今天的我来说，同这个保守了多年的秘密一样，三大娘的身世也一直是我心中的一个谜团。据说，三大娘并不是土生土长的本地人。当年她的父母逃荒的时候，不知道走了多远的路，父亲一病不起，眼看就不行了，拖家带口的一大家子人，就把当时年仅三岁的一个小女儿，送给了我们村子上的一户没有儿女的黄姓人家。不久便听说三大娘的亲爹，病死在了逃荒的路上。

三大娘从小没有自己的名字，因为长得又瘦又小，一头稀稀拉拉的黄头发，左邻右舍的孩子们就都叫她小黄毛。小黄毛命苦，在养父母家里像是一只受气的猫，吃不饱饭不说，还经常受到养母的打骂和体罚。据三大娘后来自己回忆说，跟着养母睡觉的那些年，她夜里从来不敢翻身，也从来没有敢伸直了腿睡过觉，总是小心翼翼地过日子。三大娘说她不知道养父在外面做什么营生，反正是一年回不了几次家，最后，就干脆没有了音讯。养母一个人带着她，日子不好过，就拿她出气，在养母跟前，她连一口大气都不敢出。

长到十二岁的时候，养母就把她许配给了三大爷家里。那时候,人还没有长成呢,又总是做错了事,就更是不受三大爷一家人待见。后来孩子大了,日子好过了,可是三大娘说她还是老做噩梦,一不小心又回到了小时候的光景里去了。

即便是三大爷当了生产队里的保管员,在村子上也算是一个响当当的人物了,可是三大娘与人说话的时候,也总是低声下气的。为此,她没有少挨三大爷的训斥。可是,三大娘说她总是改不了。有一年,三大娘的大儿媳妇不知为什么,在大街上指着三大娘的鼻子骂,三大娘便退到了墙根底下,吓得浑身发抖。大街上的人看不过了,纷纷过来劝儿媳妇,都觉得儿媳妇太过分了。

就在人们没注意的当儿,三大娘一路小跑来到东汪(水塘)边上,扑通一声跳了下去。东汪里的水并不深,汪底下全是这几年生产队里沤麻的紫泥,泛着难闻的臭气。三大娘跳下去以后,便一头扎进难闻的水里,露出大半个身子在水面上扑腾着,显出巨大的悲伤和绝望。等大家赶紧把三大娘抬上来的时候,只见三大娘满头满脸的紫泥,粘稠地往下流着,还听得见三大娘细弱游丝的啜泣声。

这是我在村子里见到的,三大娘最为勇敢,也是最为决绝的一次抵抗。

关于故乡和自己的亲生爹娘,三大娘似乎早已经忘得一干二净。她已经将自己当做了一个没有了故乡的人吧。有一年,听说来自北乡费县的几个人,一路打听着来到村子里,要寻找他们多年前散失的姑姑什么的亲人。他们沿着当年祖上逃荒的路线一路南下,在村子上住了好几天,还在县电视台做了寻人启事的电视广告。等目不识丁的三大娘听到消息,那几个寻亲的人已经离开了。有人劝三大娘不妨到费县去一趟,反正离得也不是多远。三大娘一定是动心了的,她说爹娘肯定是见不着了,也许还能见到活在世上的兄弟啥的。可是想想,都活了一辈子了,再说手上又没有几个钱,出门也不方便,当着儿子的面,她好几次都没有张开口。事情一晃,就这样过去了。母亲给我说起这些事的时候,自己也一直欷歔不已。

还记得三大娘的身体总是不好,每年都要犯上几次一种村里人叫"心口疼"的病。每次犯病的时候,三大娘都疼得在地上打滚。一般都是请村子上一个叫戴茂盛的乡医,用一根很粗的银针,在三大娘的手腕子上扎出很多黑黑的血出来。三大娘的两个胳膊,被好几个人按着,也不管三大娘哭嚎般的哀求,那个叫戴茂盛的乡医,总是不紧不慢地收拾完地上的一滩银针,卷在一张脏污的布帘子里,袖着手走了。被放了血的三大娘躺在床上,身体几近虚脱,发出一声声细长的呻吟。我们一帮子小孩不眨眼睛地围着,不时被三大爷不耐烦地轰了出去。但是,多数时候,愁眉苦脸的三大爷没有心情也顾不上轰走我们,就由着我们屋里屋外地跟着乱转着围观。有时,我觉得三大娘可能快不行了,吓得我们一个个不敢喘气,可是过上几天,三大娘就又好了,像什么事情都没有发生过一样。

不知道是从哪一年开始,三大娘便信了耶稣,成为我们附近几个村子里最早,也最为虔诚的乡村基督徒。那时候的乡村夜晚,三大娘的家里,总是聚集着人数不等的信徒,人们不仅相信耶稣能够使人倾心向善,还能够治病救人。后来,患有类风湿性关节炎的母亲,也跟着三大娘信了耶稣,每天聚会、祷告,消磨了她晚年的许多寂寞和病痛。

母亲病重的那几年,我回家的时候,便总会向母亲打探三大娘的消息。母亲说,你三大娘命苦呀,三大爷去世后,她最小的儿子也病逝了,她没有女儿,便在两个儿子家里轮着吃饭,晚上一个人回到自己的老屋里睡觉。农忙的时候,她轮到哪个儿子家里,就帮着哪个儿子家干活,起早贪黑的,连姊妹们的聚会都不能按时了。我知道母亲说的"聚会",是指的那些信仰基督的信徒们的姊妹间的聚会。可见,老年的三大娘,虽然跟着两个儿子不愁温饱,但性格懦弱、谨小慎微的她已经无法支配自己的精神生活了。

母亲去世的前一年,我最后一次在村子听到了三大娘的消息。母亲说,你三大娘走了。我一听吓了一跳,以为三大娘去世了。母亲说,你三大娘没有去世,她跟着在南乡包地的儿子走了。我问南乡是哪呀?母亲也不甚明了,只是说,好像是南通,兄弟两个也都老大不小了,在那里承包了人家的菜地,就把八十多岁的老娘也一起带着走了。母亲还说,可怜啊,你三大娘临走的时候,哭得那个惨呀,拉着我的手说,二妹妹呀,我这一走,咱姊妹怕是再也见不上面了。

不幸被三大娘言中了。三大娘走的第二年,母亲就撒手人寰。故乡于我,因了母亲的离去,也已成为畏途。三大娘年长母亲好几岁吧,不知道,她现在是否还活在世上,身体是否健康?这些所有的牵挂,都因为我对故乡的失守,而变得渺茫和不可触摸。

而童年的那一锅南瓜汤,掺和着山芋和咸菜的味道,已经让我回味了几十年。三大娘转身离去的那个瘦小的背影,那个秋天里的落叶和巷子里,三大娘头也不回地匆匆步履,却是越来越清晰了。

2011 年 11 月 3 日 18 点 55 分乌鲁木齐陋石斋

初中生

　　小学毕业后的那个夏天,我和三哥就像村子上所有的孩子一样,开始了茫然而又散漫的乡村漫游生活。三十多年前的那个夏天,整个村子里都充斥了青草和麦秸腐烂的气味。或者因为雨水过于密集的缘故,潮湿的大地上,经过一个晌午的太阳照射,热气升腾,霉气泛滥。院子里,巷子口,土墙内外,荒坡之上,凡是能够挪开脚的地方,到处都摊晒着一片片金黄的麦秸,而更多的,是从水沟里、山坡上割回的青草。麦秸用来扇屋顶,青草用来喂牲口,或用作过冬的柴火。

　　雨过天晴的大太阳底下,人们或坐在树底下乘凉,或者去湖地里干活去了。村子里,除了毒辣辣的太阳下,被翻晒的麦草,几乎看不见一个在日头里行走的人。不是村庄空了,而是一个村庄的人,都躲到太阳照不到的地方去了。

　　太阳稍稍偏西的时候,我从家后的河里爬上来,甩一甩头上的水珠子,用手揉了揉被一个晌午的河水浸泡得有些红肿的眼睛,提着自己的小裤头子,光着屁股往家里赶。走过家门前一片摊开的青草,用光脚丫子翻扯了两下草堆,隐约听见了大队的喇叭里正在广播学校的通知。第一遍我没有在意,第二遍的时候,我听见了三哥和我的名字,三哥的名字叫张继富,我的名字叫张继保。

那是一个再熟悉不过的声音了，大队会计的口齿还算清楚，可是，他在播广播的时候，总是想在自己的乡村土话里，加进一些普通话的味道，结果就不伦不类了，听起来总觉得有些怪异和荒诞。

广播里通知的是一份入学通知，大意是说被点了名的同学，请于某月某日，带上三块钱的学费，去村里的学校领取小学升入初中的录取通知并办理入学手续，逾期不到者，视为自动放弃云云。我们家里的成分高，整个家族的孩子们，凑合着上完小学就算烧了高香了，上初中，那是从来没有过的事情，也是从来没有想过的事情。所以，母亲和大哥就格外重视我和三哥的初中，晚上吃饭的时候，一家人兴奋了好长的时间。可是我和三哥每人三块钱的学费，却愁坏了母亲。盘算中的母亲表情坚定地说，只要你们都是块上学的料，家里就是再难，砸锅卖铁，我也得供你们上学，咱不能让人家看了笑话。我知道母亲这句话的分量和寓意，每当生活到了艰难的时候，母亲总是这样来鼓励我们，也安抚自己。这一次，母亲知道我和三哥要同时升入初中，心里边喜忧参半，她一定也是在这件事情上，又一次看到了生活里新的曙光和希望。

去学校报到的那天，我和三哥是挎着一书包钱去的。我们的书包里，全是一分、二分、五分和一毛钱的"分鸽子"（硬币），鼓鼓囊囊的书包里，装了我和三哥两个人当年的学费，整整六块钱。负责给我们办理入学手续的宋君芝老师，看着三哥一下子倒在他办公桌上"分鸽子"，显然没有反应过来。但他还是一枚枚耐心地数了起来，一边嘴里还说，这次上初中，由于成分问题，本来没有你们兄弟俩的事，后来大队研究，又报了公社，决定破格让你们兄弟俩入学，一定要好好珍惜机会等等。后来，他又问，怎么全是"分鸽子"，连一张"毛毛钱"(纸币)都没有吗?三哥是怎么回答的我忘记了,大意说,这都是家里今年卖"洋柿子"(西红柿)的零钱,另外还有跟邻居借的,都是些"分鸽子"了。

三哥在回答老师问题的时候,我一直羞愧地低着头,不敢拿眼睛看一眼老师的脸。我觉得贫穷真是一件耻辱的事情,而更大的耻辱,还有我们家里的成分,顶着一顶地主子女的帽子,成为那个时代被歧视和羞辱的另类。那时候,我们被统称为"四类分子"的子女,诸如招工、升学、入伍参军等等许多机会,压根儿就不要做梦了。这次能够意外地升入初中,以至于我后来还顺利地考上了县里的重点高中,甚至还作为整个张氏家族里第一个入伍参军的人,一次次破天荒地成为村子里的新闻人物,也成为整个家族的荣耀。幸运一次又一次地降临到了我的头上来,不知道在母亲的苦涩岁月里,是否为她增加了些许的安慰。

上了初中之后,大哥和二哥分别成家单过了,家里的负担一下子落在姐姐身上。尽管家里没有人说什么,可是身为家里当时最年长的男性,长我一岁的三哥一定是想到了什么,他脑子里关于家庭的承担和责任意识,这个时候已经觉醒了吧!

而此时,我却没有注意到和我同在一个班上的三哥的变化。或许是听了别人的闲话,又或许是三哥自己意识到了什么,他开始流露出要退学的念头,并开始为此寻找各种各样的借口。大概上了不到一年,三哥就退学了。他公开的说辞是自己脑子笨,跟不上课程,不想上了。为此二哥还专门用一根木棍在后面抽三哥,把他往学校的课堂里赶。那个早晨,我远远地跟在后面,二哥的虚张声势和暴跳如雷,还有他手里的木棍,不停地抽打在三哥的屁股和脊背上,三哥委屈和倔强的眼泪,并没有阻止二哥的愤怒的抽打和数落。在村人的围观里,我听到了这样的议论:"兄弟俩都上学,谁干活养活家呀!"

三哥还是退学了,属于自动退学的那种。后来学校的老师曾经到家里来找过母亲。母亲无奈地说,看来这孩子不是块上学的料,他没有了上学的心思,就下来帮家里干活吧,他就是一个打庄户干活的命呀。

其实三哥的学习在班上并不算差,还经常受到老师的表扬和鼓励。一位数学老师就在班上说过,张继富的数学成绩好,字也写得漂亮!可是,数学成绩好,字也写得漂亮的三哥,在十三岁的这一年,告别了自己的学生生涯,成为一个地地道道的庄户人了。三哥下学后的那一年,便到生产队里放牛去了。他戴着一顶破席架子,光着油光黑亮的肩膀子,赶着一群牛起早贪黑地往南山上去了,而我的书包里,只剩下了一些孤单和命运中无望的坚守。

三哥忍受着家里的白眼和埋怨,一声不哈地承受着由于自己坚持退学所迎来的一切身体和精神上的责罚。原本,母亲也说过,他不想上学,就让他下来吃点苦头,就知道上学的好处了,谁知道三哥对这一切,竟毫无怨言,坦然接受了。

后来三哥又到大哥的油坊里当帮手,他每天担着一副醋油挑子去附近的村子里"溜乡"卖货。早上早早地出去,到了晚上天黑透了才回家来,可谓是披星戴月,往返于十乡八村的小巷和土路之间。他的"溜乡"卖货的日子长了,竟也有了一些商业头脑,每天,他都能从"溜乡"回来交公的钱款里,省下三毛五毛地交到母亲手里。可是小小年纪的三哥,忍着中午不吃午饭,全靠早上的这一顿和晚上回来的狼吞虎咽。母亲心疼地数叨他，中午饿了花几毛钱吃顿饭，饿坏了身子就什么都没有了。三哥总是说自己不饿来糖塞母亲，其实我们谁都知道，这些年来，被贫穷逼怕了的他，是舍不得在外面花一分钱。

我初中毕业后，成为整个年级里唯一升入高中的学生。在当时曾经引起了不小的轰动，在三哥的心里也一定激起了不小的涟漪。从此后三哥基本上不让我干家里的农活了，还隔三差五地往我的手里塞上五毛一块的，说让我在学校里吃饭用。我知道这些钱他来得不容易，基本上都是从自己"溜乡"的费用里抠出来的，有时就不愿意要，三哥也没有太多的话，只是硬往我的手里塞。

转眼我高中毕业了，又当兵来了新疆。没过几年，三哥也在堂弟张继中的帮助下，南下广州打工。那些年里，听说三哥一个人打三份工。他白天在一家工厂里上班，下了班后帮厂里的一个车间卸货，晚上就住在工厂的值班室里值班。挣下的钱，开始源源不断地寄回家里来。直到母亲去世，三哥都是我们兄弟几个中，往家里寄钱最多的一个。

都说老实人吃亏，可是三哥却因为自己的吃苦耐劳赢得了当地一位表叔的信任和欣赏，在这位表叔的撮合下，三哥和一位当地的姑娘结婚成家了，并相继生下了两个儿子。现在，已步入中年的三哥和三嫂，在广州经营着一家当铺，小本生意，虽不是大富大贵，确是温饱有余，两个儿子也已长大成人了。

三哥和我一同升入初中，却没有顺利地完成学业，后来去广州打工的时候，托人到学校里办了一张初中毕业的证明，他终以一个初中生的名义打拼世界，成家立业，完成了自己的半生的理想。

不知道三哥是否为当年的退学而感到后悔过,三十多年过去了,人生的浮云,远乡的奔波,三哥或许没有足够的时间和精力来回首往事。那一片故乡的天空下面,那一间老娘曾经居住的小院,他也和我一样,成为伤心和别离的出生地。我们就是从那里出发的,一别经年,我和三哥最长的一次别离,竟是十六年未曾见面。往事历历,乡音未改,我们却已经没有了过去。而我们知道远在他乡的生活,依然需要一天天继续下去。

　　那年母亲下葬的时候,我跪在三哥的后面,前面是更加苍老的大哥和二哥的背影。我听见了三哥声嘶力竭的哭喊,他声音里沙哑的悲伤让我感到了绝望的挣扎。我没有办法让这一切停下来,作为一同在苦水里浸泡过的乡村少年,我的双鬓已经斑白,而三哥弯下腰去的那一声呼喊,更让我久久地直不起腰来。

2011 年 11 月 5 日 21 点 03 分乌鲁木齐陋石斋

二分将军

　　学区里组织的一次选拔考试,应该是全公社的一次竞赛性质的考试吧,我们西水沟学校最后定下了我和另一名女生宋沛玲参加。校长找我们谈了一次话,大意是这次参加考试比赛,不仅是我们个人的光荣,主要还是为学校争个名次,为全校师生争光。我心里没底,不知道老师怎么就把自己给选上了,心里面一直打着鼓,小脸上红扑扑的,只觉得脸烫得发烧。我想跟校长说,看能不能换一个人去,可是话到嘴边上又咽回去了,因为校长紧接着又说,这次你们去考试的这两天,学校每天给你们两个同学发五毛钱的伙食补助。

　　我那个时候,基本上没有五毛钱的概念,因为学费和本子什么的,都是拿家里的鸡蛋到村子里的代销铺换的,大一点的鸡蛋抵五分钱,小的抵四分或者三分钱。所以我一听说每天有五毛钱的补助,心跳一下子就加快了好多,想说的话也给咽回去了,不知道是因为兴奋还是紧张,紧紧地抿着嘴,忍住了。

　　从校长办公室里出来的时候,我和扎着两条粗辫子的宋沛玲每人领了一块钱的补助,我脑子里有些懵,手心里攥着一块钱,不知所措。临出门的时候,校长还用他温暖的大手,摸了一下我的头说,好好发挥,不要紧张,争取考出个好成绩来! 我不知道自己是怎么从学校里走回家的,是蹦着回家的,还是跳着回家的呢?进家门的那一刻,我竟然不知道该迈哪一只脚了。我磕磕巴巴地说了半天,印象中还挨了二哥的一巴掌,涨红脸才说出了事情的大概经过。最后把那一张在手心里攥得皱皱巴巴的一块钱,交到了母亲手里。母亲开始有点不太相信,把钱展开了看了看说,明天给你煮个鸡蛋带着去。

考试地点是公社驻地的北尚岩街上,离家还有五里路。一大早,我把灌满了墨水的钢笔、演算纸和母亲煮的一个鸡蛋、两张煎饼等小心翼翼地装到自己的书包里。信心满满地准备出发的时候,宋沛玲红着小脸来叫我了。我注意到,她不无骄傲的脚上穿了一双崭新的白色运动鞋。看看自己脚上已经褪了色的蓝帆布胶鞋,我不禁有些泄气,可是,小小的自尊心让我不得不昂头挺胸地走了出去。我们一路基本上无话,宋沛玲一直在我的前头走,可能是穿着一双新鞋的缘故,走起路来,好像脚不沾地,就像在地面上飞着一样。我一直喘着粗气跟在她后面,看着她斜挎着的军用黄挎包在腰间甩来甩去的。她的这个军用挎包,是她大哥当兵回来送她的,平时并不舍得背。

宋沛玲偶尔会回过头来问我一句话,露出洁白的牙齿和红红的脸蛋。宋沛玲是骄傲的,她是大队书记的女儿,四个哥哥就她一个女儿,家里面一直宠惯着,加上学习又好,让人羡慕得要死。宋沛玲转过头来和我说话的时候,我还看见了她额头上的汗珠子了,这说明她也走得辛苦,可是她为什么不能慢一点走呢?我一时找不到合适的理由问她,就跟着她这样一直慌慌地往我们考试的中心学校里赶。

中心学校里已经聚集了来自各村学校的学生，大家相互并不熟悉，只是在和自己认识的人窃窃私语。我们很快找到了自己的考场，聚集在一间教室的门口唧唧喳喳地，有人还相互推挤着，不时引起一阵哄笑。大概是气氛过于紧张了吧，这也不失为一种放松。我不知道那个时候自己在干什么，脑子里还在想着一路上马不停蹄地走路情景，想着宋沛玲这样着急地赶来，却在这里干等着，便从心眼里对这个不可一世的小丫头有些不屑了。

可是考试还是按时开始了。陌生的考场，陌生的监考老师，甚至这考试的卷子都是陌生的。这也是我第一次见到油印的试题卷子。我习惯了老师写在黑板上的试题，从来没有经历过这样的考试方式。第一天上午考的是语文，印象深刻的有一个成语解释是"万马齐喑"，一向在学校里自诩为语文标兵的我，想当然地解释为，"一万匹马的毛都暗了"。记忆里，课本上从来没有接触过这样的成语，也并不知道这个"喑"不念"暗"。诸如此类的试题都被我自作聪明地一一做完了，我按照自己当时的理解和判断，认真而不无骄傲地率先完成了答卷。悲剧大概就是这样产生的吧。下午和第二天的考试，我基本上都是第一个交卷子，并且总是信心满满地从考场里走出来。

宋沛玲的情况和我差不多，但她在考场上比我少了一些自信，我们交流的时候，她说得也是似是而非。现在想来，她只是当时没有我的胆子大而已。我和宋沛玲同班同学，从小学到初中，都是在我们村子自己的学校里完成的。在此之前，我们没有机会走进外面的学校，也不知道公社里的这次考试会是这样的试题，并且，我们出来之前，老师好像也没有专门地辅导过。后来，我们整个学校的两个初中班考高中的时候，最后被录取的只有我一个学生，为此，公社和大队里的领导非常生气，撤了学校的领导，辞退了两个班的班主任。当然，这都是后话。

在公社的中心校考试回来以后，似乎校长和老师也没有怎么问这件事情，仅仅是一次无关紧要的学习竞赛而已。几天之后，班主任把我和宋沛玲叫到了校长的办公室里去了。我还以为又要有一番鼓励和表扬的话要给我们说呢。进去一看好像不太对劲，校长站在那里一言不发，班主任老师也一脸的严肃。最后还是校长发的话，他说，这次你们两个人，可是给我们学校长脸了！说着他就把我们这次考试的成绩分别念了一遍。成绩很差，差得离谱，全学区都是垫底的！我一时愣在了那里，宋沛玲的眼泪便在眼里打转了。校长说，我们学校的教学质量差，这是我心里有数的，可是我们选了你们两个学习尖子去比赛，也不至于比得这么差吧，啊！校长的"啊"音拖得很长，连在一边站着的班主任都有些挂不住了。

最后，校长又转过脸来对着我说，张继保，你好呀，竟然有一门给我考了个"二分"回来。我的脑子里轰的一声，有点不敢相信自己的耳朵，不会吧！考得再差，也不会只得"二分"呀。几乎就要站不住了，强烈的自尊心和无比的羞愧让我无地自容。校长后面的话，我基本上没有听清楚，只记得最后校长对着班主任说，领回去吧，把你们的这个"二分将军"！

可能碍于宋沛玲是个女生，又是大队书记的女儿，校长的火，只能发在我这个不知天高地厚的男生身上来。此事迅速在学校里传开，我和宋沛玲参加学区考试垫了底，一时间成为一件丢人现眼的事，整个村子里也传得沸沸扬扬，成为大家津津乐道的话题。

最让我难以承受的，是校长大人最后送给我的这个"二分将军"的帽子，一直让我戴到了初中毕业。

到了考高中的时候，本不被看好的我，意外地被苍山二中给录取了，并且是当年唯一被录取的学生。那个夏天的晌午头上，我正在家后的河里和一群光屁股的小孩打水仗，老远就听见了班主任老师扶着一辆自行车在桥上喊我的名字，说张继保，就你一个人被录取了！我从水里窜出来，提上裤头子就往家里跑。

没有人再叫我"二分将军"了，我又一次成为村子里议论的焦点，只不过这一次是因为我一个人被苍山二中录取了的缘故。我们那个班上的同学，第二年经过复读，又有十几个同学升入了高中，包括宋沛玲在内，他们和我一样成为苍山二中的学生，只是比我晚了一届。

2011 年 11 月 7 日 16 点 28 分乌鲁木齐陋石斋

三句半

深秋的夜晚,场院里的灯光亮如白昼,该会有怎样的灯光,照亮了这个舞台的一角。我拿眼看了一下舞台下的人群,黑压压地一片,全是攒动的人头,看不清一张面孔。节目还没有开始,场院里早已是人声鼎沸了。间或有孩子的哭闹和妇人们的叫骂声,高一声低一声地呼应着,整个夜幕下的场院里,更像是一个热闹的集市。

今天晚上的这一台晚会,已经嚷嚷了好久了。东西水沟、坊口新村附近几个庄上的人们扶老携幼,大呼小叫着,把这场院挤得水泄不通,就连院墙上、屋顶上,还有高高低低的树杈子上都见人影晃动。维持秩序的大队干部,举着一个通了电的大喇叭,声嘶力竭地向着拥挤的人群叫喊着,由于电压不稳的缘故,他的讲话时断时续,飘飘忽忽地,就觉着这个说话的人,有点不太真实。我歪着脖子听他的讲话,费了半天的劲,也没有听太清楚他到底讲了些什么。大意可能是呼吁演出现场的老少爷们、叔叔大爷、大娘大婶、姑姑奶奶们,保持演出现场的安静,不要大声吵闹之类的"官话",还有就是要大家锁好自己的院门,防止坏人破坏等等,不一而足。那个时候的乡村干部们,讲话都有瘾,更别说还有这么多外庄上的人在场,是一个难得的显摆自己的好机会。

尽管他的讲话,由于拥挤不堪的现场人声嘈杂,滋滋啦啦地,大部分人都听不见或听不清楚，加上音响效果奇差，电压不稳定，他忽高忽低地讲话也没有几个人愿意听。但是看得出来，他今天晚上的这个讲话激情飞扬，唾沫横飞，足足有一顿饭的工夫才从台子上下来。

演出开始，一阵锣鼓喧天之后，迟迟不见报幕的人上场，却见宣传队的男一号——那个化了浓妆，制服裤子里扎着白衬衣的周世青，一个空翻从后场翻到舞台上去了。我看见他趔趔趄趄地还没有在舞台上站稳，就顺手从脚底下捡起一把红缨枪，在手里轻轻地掂了一下。"唰"地一声，手疾眼快，那红缨枪从他的手里竟然一下子飞了出去。那锃亮的、冰凉的尖刃，在舞台灯光的目送下，带着一束火焰一样的红缨，在人群的上空飞掠而过……只听见台下一片惊呼，人群纷纷下意识地弯下了腰去。等大家回头看时，那白蜡木杆子的红缨枪，稳稳地扎进了舞台前方一棵杨树上了。

呼啦啦的人群里，突然间安静了下来。有人惊诧地东张西望，不知道这一瞬间到底发生了什么。有人发出欷歔的声音，还有胆小的孩子吓得哇哇直哭。周世青这时，故作镇定地向舞台下的人群深深地鞠了一躬，才"字正腔圆"地大声宣布：西水沟大队业余文艺演出队，演出现在开始！

周世青扔出去的那把红缨枪，我们又叫它"枪攮子"，完全是按照革命样板戏里的样式打造的，我们家里有一把生了锈的"枪头子"，扔在墙根底下，我从来都没有用正眼看过一眼。今天周世青一个漂亮的空翻之后，又来了这么一手，着实让人惊叹不已。不知道周世青的这一手，事先精心排练过多少次？我暗自佩服的同时，心里也悄悄地打过鼓，万一这小子失手了，那红缨枪锃光发亮的尖刃,扎到了谁的脑袋上,或者谁的脖子里去,那该是一件多么要命的事情呀! 现在想想,都觉得后背发凉。

接下来的节目一个接着一个,除了庄子里人人都会哼哼两句的柳琴戏,记得还有那个时代的靓男俊女们组成的男女生表演唱等。别看在台底下一个个俊俏的脸庞上,骄傲得像什么似的,可是一上台,一个个还是羞羞答答地不好意思起来。节目一个接着一个,锣鼓家什地敲得惊天动地,不知道是多少瓦的灯泡子滋滋地发着耀眼的亮光,整个场院里拥挤的夜空,弥漫着一种此起彼伏的亢奋情绪。

终于轮到我们学校的节目上台了。我们那时候在幕布后面的屋子里候场,心里便突突突地狂跳不止,想找一个地方撒一泡尿再回来,可是伸头看看舞台下面,里三层外三层看戏的人,恐怕连一只脚都插不进去了。咬牙闭眼地在那里等着,等着上台表演的那一刻。

我们表演的节目形式被称之为"三句半",节目的内容和名字,已经记不得了。四个人的表演,每个人手里都有一样"打击乐",分别是小锣、镲、小鼓、大锣。四个人咣咣镲镲地敲打着,从幕布后边绕到舞台上来,由于都是十几岁的学生,第一次在这么大的场面下表演,看一眼底下的人群,一个个都把自己吓得够呛,勉强撑着排队上去了,那锣鼓点儿,压根儿就没有办法敲到一起去。好在这个时候,已经没有人顾及那么多了。四个人的表演,他们前面的三个人每人说一句,我在最后提着大锣向前迈一步,只说两个或者三个字——半句话,同时猛地敲一下铜锣。不知道是那震耳欲溃的锣声强化了我的表演,还是我的那半句话的"喜剧"效果,每一次我的话一结束,便会听到台底下一阵混乱的哄笑声。

我无法看清楚台底下观众的表情,也不敢拿眼睛往台底下瞅,心里发慌,只有一句一句地跟着台词往前走。表演快要结束的时候,就听见不远处一声巨响,场院东南角上的一个变压器上,腾地窜起一个火球,在半空中消失了。

"轰"地一声,人群里炸开了锅。人们尖叫着、哭喊着冲向场外,一时间灯光也灭了,夜空下的场院里,仿佛末日来临。我们几个正在表演的人,完全还没有反应过来,人群已经哭喊着散去了。我不知道自己是怎么从台上下来,并回到家中的。

事后我才知道,原来有一个毛头小伙子来晚了,站在人群的后面,只听得见锣鼓喧响,看不见舞台上的表演。他看看树上和墙头上拥挤的人,便想爬到离自己最近,用来放置变压器的石台子上去。原来,那放置变压器的石台子上,已经挤着或蹲或站的四五个人了。那几个人也没有注意,正在聚精会神地看着节目,毛头小伙子心急火燎地往上爬,毫无章法,不知道哪一只手触到了高压线上,引起了高压电线的瞬间短路,那个巨大的火球就是这个时候窜上了夜空的。最倒霉的是变压器边上另一位专心看戏的人,据说当场就被电给打死了。这一场变压器事故,最终酿成了一死多伤的乡村惨剧。

第二天打扫现场的人讲,当天夜里,光是被挤掉的鞋子、帽子就捡了好几筐子,板凳、手电、小孩的衣服等等,堆了好几堆,好几天都没有被认领完。

这应该算是我人生的第一场演出了。回忆起来,快有四十年的时间了。那一场夜幕下的乡村悲剧,我参与其中,却又浑然不知。似乎一切都来不及了。

一场懵懵懂懂的热闹喜剧，最终以惨痛的悲剧结束。三十多年前那个慌乱不堪的乡村的夜晚，我穿着一件从同学那里借来的白衬衣，用一盆凉水把头发打湿了，扎着半旧不新的红领巾，完成了人生的第一次出场。

可是，我的这第一场演出，还没有等来一声喝彩，便无可挽回地结束了。

2011 年 11 月 9 日 18 点 56 分乌鲁木齐陋石斋

桥头的战争

　　北风呼啸的时候,家后河滩上的竹林和苇荡里,便是一片"鹅毛飞扬"了。竹林和苇荡的后面,是一片片被分割成大小不一的菜地。霜降来临之前,菜园基本上被收获一空,眼下正是白茫茫的一片,除了一间看园人的小屋,寒风萧索里,菜园上显得空寂和清冷。

　　竹林密密麻麻地围拢着河滩上的这一片菜园,已经有好几年的光景了。风声穿过竹林的时候,仿佛有千军万马拥挤着,埋伏在竹林的深处,那杀杀冲冲的声音,一刻都没有停过。环绕着竹林的滩涂和低洼处,便是一片片规模更为浩大的芦苇,虽然早已经过了飞絮飘扬的季节,但缓慢而弯绕的芦苇荡里,更是一片肃杀的气氛。风摇苇动,排山倒海,整个河滩上没有一片安宁的土地。

　　这是一个冬天的开始。大雪像一床寂静的棉被,在真正的寒冷降临之前,只是来了一次清场的行动。此刻,放眼望去,沿着河滩上的竹林和苇荡,河对岸的麦地上,积雪刚刚没过了越冬的麦苗,在那些青葱和雪白里,湖地上的苍茫便多了一些生硬的点缀。

　　晚饭后的空闲里,黑暗还没有降临,村子上的孩子们聚集在桥头的一截土路上,望着一串串从竹林和苇荡里窜出的麻雀和灰鸟,袖着手出神。小五是我大姨家的表哥,排行老五,也是家里最小的一个,长得虎头虎脑的。我们几个在前面的桥头上观鸟,小五钻进竹林里撒了一泡尿。

他提着裤子从竹林里出来的时候，不知怎么就和一辆路过的地排车发生了纠纷。据说，是一个拉地排车的人，骂了一句"日他娘"的脏话，恰巧被提着裤子的小五听见了，就以为是在骂自己，不依不饶地干上了。

拉地排车的是史家庄的兄弟俩。此时，小五和那个高个子的拉车人正在理论着什么。看得出来，那两个拉车人急于脱身，无心恋战。因为他们知道，这是在西水沟的庄头上，打起架来，吃亏的肯定是自己。但是又碍于脸面和尊严，对于小五的挑衅性语言，又不得不保持必要的反击，尽管这些反击和谨慎是最低限度的。

但是，占据了心理和地理优势的小五似乎是得理不饶人，有一种扳着门框使劲的感觉。他的进攻性挑衅，使得一场"战争"一触即发。可是，好汉不吃眼前亏，拉地排车的兄弟俩，已经做好了撤退的准备。我们几个站在边上看"二行"（俗语：新鲜、热闹）的人，平时也都觉得这两个路过的拉车人眼熟，但是却没有一个人上前制止小五的挑衅。那两个拉车人也觉得这样被小五在人前欺负，太没有脸面了，便也有一声没一声的和小五对骂着。

小五摆出了一副誓不罢休的样子，他一手拉着那人的车把，另一只手挥舞着，几乎就要点到了那高个子的头皮上了。但是，在拉车人的退让和隐忍下，终归还是没有动起手来。有好几次，差一点就要打起来了。可是，最终还是因了拉车人的息事宁人而平息了下来。

这边桥头上的吵吵声，不知从哪里惊动了小五的三哥。他急急慌慌地跑了过来，一把扯住站在一旁已经默不作声好长时间的小个子拉车人,一拳头就砸在了那人的鼻梁上,还没有反应过来的小个子拉车人,鲜血和着一声惨叫,喷涌而出。大个子急忙跳过来拉扯,又被三哥的拳头给挡了回去……一时间,厮打和叫骂声变得混乱和扭作一团。这不是一场势均力敌的战争,尽管开始的时候,小五和三哥在人数上也不占优势,可是有我们这些本村本庄的看"二行"的人"助威",似乎一上来就占尽了上风。且打且退的两个拉车人,一开始就是被动应战,老实说,只有招架之力,没有还手之功。

冬季夜长,庄上多的是闲人。庄头上这边打架的声音和消息,很快就传回庄里去了,小五的四哥更是个二愣子,仗着自己兄弟多,他们兄弟几个,在本庄就没有怕过什么人,还别说这两个不识相的过路人。四哥加入了拳脚之战,不一会儿的工夫,那两个疲于应战的拉车人就被打倒在路边上了,那一声声凄惨的叫声足以证明,小五和他的两个哥哥下手的时候,是多么的不惜气力。

天色完全黑透了。两个拉车的人趴在地上发出了死亡般的呻吟声。那一辆地排车也被掀翻到沟里去了,车上几个麻袋里装的东西,也被撕扯得到处都是。

这两个倒霉的拉车人,不明不白地就惹着了小五,才招来了这一场飞来的横祸。

其实史家庄离我们西水沟并不远,也就是二里路的工夫,况且到了家后的桥头上,基本上也就是快到家了。这一场不明就里的混战,加速了这个夜晚的黑暗和浑浊。得到消息的史家庄上,来了大大小小的十几口子人,男女老少,哭天抢地的扑过来了。而参与打架的另一方,小五和他的两个哥哥早已经趾高气扬地消失在夜色里了。想必是史家庄的这一家人，是了解小五他们家势力的，所以他们尽管骂声连连，却没有要冲到小五他们家里去找事的想法。他们收拾了散落在地上的麻袋，从沟里推上来被掀翻的地排车，扶着两个被打伤的拉车人，亲娘祖奶奶地骂着走了。

这一场小规模的乡村战争，看得我是目瞪口呆。几乎所有袖着手看"二行"的人，没有一个人上去制止和劝架，似乎这是一场司空见惯的乡村游戏。在那两个拉车人被打倒在地，并发出惨叫的时候，我听见了人群里的唉声和叹息，却没有一个人勇敢地站出来，凭着良心说一句公道话。或许，良心在那一声声断喝里，早已经吓得魂不附体了吧！那么真理呢？真理真的就是那些挥舞的拳头和叫骂声吗？无论是小五的三哥还是四哥，他们从村子里跑出来参战的时候，除了口中的叫骂声，我没有听见他们向现场的人发问的声音。是的，他们没有问问这一场冲突的来由，他们来不及或者不屑于打听清楚事情的缘由，他们只是为亲情和血缘而战，甚至可以理解为这些少年的夜晚里，本就不存在什么正义和公平的乡村法则。

事后，我既没有听见史家庄的人来村子里找人说理，也没有听见这次打架事件的任何后续消息。史家庄是一个小庄子，人便谦和温婉许多，少见有逞凶要蛮的人。这次打架事件中，吃了亏的那一家人，和我们村子里也是有亲戚的，但他们却不事声张，息事宁人了。

此后的许多年，我到中学去上学时，经常从史家庄路过，便觉得这庄上的男人们，一个个绵绵的，好像都失了血性一般。就连这庄上的墙头和瓦房，也都是低趴趴的，一间间屋子抬不起头来。几十年了,我没有再去过那个温和而又精巧的村庄,她存留在我记忆里的,只是那一场黑夜降临前的,拳脚下的懦弱和忍气吞声。

一个村庄的性格,在一场夜幕下的拳脚之战里溃败了吗? 我隐隐觉得,这场战争的阴影还远没有结束,她一直跟随着我的脚步,在我漫长的漂泊生涯里,窥视着我的灵魂深处,那些怯懦、虚弱和不堪一击的厮打和呼号。

我的失败也是从那个夜晚开始的吧? 我的旧梦中,一次次复活的乡村往事,有我无法躲避的厮打和呼喊,也有我沿着桥头上的那一片竹林和苇荡,踮起脚来眺望的,一大片越冬的麦田上,若有若无的,薄薄的积雪。

2011 年 11 月 15 日 20 点 40 分乌鲁木齐陋石斋

哑巴的雪

　　大雪是在一个深夜里到来的。等早晨起来，人们推门而出的时候，一院子的大雪，压垮了一些鸡窝和一些伸向屋顶和墙头的树枝，整个村庄的上空，弥漫着一片多年来少有的素洁的白色之中。大雪堆满了街巷和各家的院门。陆陆续续地，有早起的人家，开始沿着自家的院门往大街上清扫积雪，扫出来的是一条窄窄的雪道，像庄稼地里的一条犁沟，深深浅浅地，露出来的黄土在遍地白雪的映衬下，也显得洁净而安宁了许多。那些平日里横亘在地上的柴草，有一些被大扫帚扫到雪堆里去了，便没有了往日的凌乱和刺棱巴歪，像是一些温顺和乖巧的装饰物。

　　村子里的大雪年年都会有，但孩子们还是觉得稀奇，早早地从被窝里爬出来，吸溜着一根长鼻涕到街上去，沿着一条巷子的雪，疯跑着，免不了打几场雪仗，堆个雪人什么的。但是好景不长，随着锅屋顶上的炊烟升起的，是太阳和雪地上刺眼的光。太阳出来了，地上的雪就会化掉，用不了一个上午，地上的雪，就化成了满街满巷的泥水。

　　但是早晨的这一场雪，无论怎样，对于窝了一个冬天的孩子们来说，都是一次意外的惊喜。我张着手臂，在院子外边的雪地上，吃力地踩着前面的一趟脚印子，觉得好玩又新奇。就听见隔着几条巷子里，撕裂而又尖利的叫骂声。凭着声音，我可以断定，一个妇人披头散发的恶毒咒骂，正在穿过这个大雪的早晨，飘荡在半个村庄的上空。

村子里隔三差五就会有骂街的人。骂街的多为妇人，男人们多为帮腔，或者只是袖手旁观。家里或者地里的东西丢了，柴火垛里的麦草被人给扯了，或者做生意被人黑了，就这样到大街上指桑骂槐的发泄一通，不管三七二十一。没有人出来主动找骂的，或者被骂的人家可能理亏，所以大多数时候会草草地收场，不了了之。也有故意寻衅滋事的人家，先让自家的女人到对方家门外不指名的乱骂一通，男人们躲在后面或街巷里的柴火垛后面，若是被骂的那一家有人出来应了，定会少不了一场恶战。

多少年来，乡村的生活和秩序，就是被这样反反复复的咒骂和战争的方式固定了下来。在西水沟村，家族、血缘、姻亲，世居的传统和习俗，无一例外地沿袭了这样的乡村法则。

今天出来骂街的妇人，是德坤家的媳妇，已经生了三个孩子的女人。德坤这几年在七十里外的枣庄煤矿下井挖煤，女人在家里带着三个孩子过，日子过得并不赖，只是常有些不干不净的话传出来，说有些不三不四的男人半夜里来敲德坤家的门。今天早晨，大雪天的，她这样没头没脑地出来骂街，据说是前一天晚上，她吃了一回哑巴的亏，闷头闷脑地寻思了一个晚上，终于还是爆发了。

庄上的另一个哑巴，三十好几了，光棍一个。但他是一个见过世面的哑巴。哑巴的舅舅在杭州是一个不小的官，哑巴懂事以后，就被送到了杭州的聋哑学校上学去了。哑巴在杭州不仅识文断字，还学了一门画画的手艺。回到村子里，哑巴不仅长大了，也成了远近闻名的文化人,东西两村墙上的宣传画,还有谁家里的影壁墙,大多愿意请他去画。

哑巴虽然不会说话,但他白净的脸上满是清秀,一撮浓密的小胡子像粘在下巴上的一把刷子,衣着打扮也是有别于乡村青年的时尚和另类。从杭州回来的哑巴,穿一身灰色的暗格子西服,戴一顶鸭舌帽子,常常就这样出现在五天一次的尚岩集上,惹得四里八乡的赶集人,忍不住地要回头多看上他几眼。

其实哑巴赶集,并不是在集上闲逛着玩。多数时候,哑巴是到集上来卖自己的画的。尤其在年节的时候,哑巴的画会卖得非常火。哑巴画的是一些花鸟,水彩艳丽,鸟语花香,在一些寒冷的季节里,哑巴的画就这样一张张地被挂在集上的一根细绳子上,被风吹得哗哗作响,仿佛那些花鸟也活了一样。

哑巴一般不会和小孩打交道。我们有时候会追着他看,围着他的西装和鸭舌帽子转来转去。这时,哑巴也不恼怒,愈发显得炯炯有神,眼神里满是骄傲的神色。可是哑巴一直没有娶上媳妇。哑巴的要求太高了些,一般的女人,又看不上他这个不会说话的人。

而关于哑巴的风流韵事却层出不穷。不是说哑巴有了相好的女人,而是说哑巴喜欢打女人的主意,也常常被村子上的女人戏耍。就在头一天,哑巴就被村子上的一个女光棍给耍了一把。那女光棍和哑巴五毛钱成交,商定好到家后的竹林里去完事,便一前一后地往家后头的竹林里去,女光棍借故解手,找了个理由从竹林的另一边跑掉了。哑巴在约定的竹林里左等右等不见人回来,气急败坏地回到村子里到处找人。

自以为赚了便宜的女光棍,便来到德坤的媳妇家里来炫耀,说自己怎样轻易地就从哑巴那里骗了五毛钱。德坤家的媳妇听得有滋有味,心想着,这哑巴就是好骗。德坤家的媳妇一边和女光棍有一搭没一搭地唠着,一边心里便有了自己的小盘算。她还不知道这是女光棍的脱身之计,哑巴身体里的那一腔欲火,正没有地方烧呢。

送走了女光棍,德坤家的媳妇就来到街上,故意和哑巴搭讪起来,几个回合下来,就把哑巴给搞定了。约好还是到家后的竹林里去,而这回哑巴变得聪明起来,他非要等办完了事再给那五毛钱。德坤家的媳妇心想,一个哑巴我还对付不了吗?先到了竹林里再说。就这样,德坤家的媳妇跟着哑巴到了家后头的竹林里,她想着法子对付哑巴,而哑巴就是不掏钱。磨蹭了不一会儿,哑巴的蛮劲上来了,不容分说地把德坤家的媳妇按倒在竹林里的一块空地上,德坤家的媳妇这时又羞又气,不免害怕起来,可她又不敢大声喊叫,这东邻西舍地知道了,还怎么在这个村子里活人呀!她只能任由着哑巴在自己的身上折腾。哑巴显然是一个饥渴难耐的家伙,他变着花样地在德坤家的媳妇身上发泄,不顾德坤家的媳妇极力地推搡和反抗,似乎这女人身上,有他哑巴几十年来的憋屈和冤仇。哑巴的这一通折腾,几顿饭的工夫就过去了。

德坤家的媳妇哪里受过这样的洋罪,浑身像散了架一样,到后来,她连反抗的力气都没有了,任凭着哑巴在自己的身上玩尽了花样。哑巴从德坤家的媳妇身上下来的时候,显然还没有要罢休的样子。德坤家的媳妇瞅准了一个机会,从地上爬起来,提着裤子就往竹林的深处钻。哑巴反应过来后,挥着手呜呜呀呀地在后面追,好在浓密的竹林帮了德坤家媳妇的忙,她拖着疲惫不堪的身子逃回了自己的家里,反身就把院门给顶上了。

德坤家的媳妇在床上躺了一个晚上，越寻思越觉得不对劲，她吃了哑巴的亏，自然是没有办法和哑巴计较，这样的事情传扬出，去也是一件丢人现眼的事。但是德坤家的媳妇想到那个到自己家里来炫耀的女光棍，要不是她来自己家里吹嘘一番，哪会让自己遭受哑巴的这一番欺辱，一分钱没有拿上不说，还白白地让哑巴作践了好几顿饭的工夫。

　　一股无名的怒火，烧得德坤家的媳妇夜不能寐。就着这一场黎明的大雪，德坤家的媳妇就骂开了，她从自家的巷子出发，绕着女光棍的院子骂了一通，又折返回来，沿着一条弯曲的街道骂了去。几乎没有人知道这德坤家的媳妇在骂谁，为什么而骂？许多人以为是大雪之夜，德坤媳妇家里的东西被人偷了。如果不是听出了味道的女光棍出来应战，和德坤家的媳妇一场针锋相对的骂战，或许，哑巴和德坤家的媳妇在竹林里的那一场好戏，没有几个人会知道。

　　据说，哑巴前一天晚上就失踪了。他没有回家，也没有给家里的任何人打过招呼。有人说哑巴可能回杭州他舅舅那里去了，也有人说，这不可能，他犯下了这么大的事，还有脸见他舅吗？还有人说，哑巴去公社里自首了，立马就有人出来否认，说哑巴如果知道自首，他就不会这样蛮干了。有人说，哑巴就是哑巴，他不是一个正常的人，我们不能拿正常人的眼光来看待哑巴。

　　不管人们怎么议论，从那以后，村子上再没有一个人见过哑巴。

　　不知道哑巴去了哪里？一场铺天盖地的大雪，让一个哑巴消失的无影无踪。

2011 年 11 月 17 日 13 点 18 分乌鲁木齐陋石斋

山

　　山和我在一个班上读了五年的书，我已经完全忘记了他真实的名字，却把他这个"蹦苞噔嘎"的外号牢牢地记在了心里。山也只是他的小名，可那个时候没有人叫他的名字，大家都叫他"蹦苞噔嘎"。

　　是小学刚入学的那个学期吧，老师在黑板上写了ｂｍ ｆ ｄ ｔ ｎ ｌ八个字母，带着大家念了一个上午。第二天上课的时候，老师就一个一个地叫着名字站起来念黑板上的这几个字母。大多数同学都囫囵吞枣地念下来了，也有一些磕磕巴巴的同学，在老师的提示和带领下念了下来。轮到山起来念的时候，他有些紧张，脸憋得通红，一开始的四个字母就出现了问题，"ｂ ｐ ｍ ｆ"被他支支吾吾地念了好几遍，可是接下来，他吞吞吐吐地，就不肯张口了。于是老师就反复地提示他，并让他一遍遍地从头开始，山愈发显得局促和不安，他开始左右摇晃起身子来，老师的耐心就渐渐地丧失了。

　　这时候，丧失了耐心的老师口气变得生硬而严厉起来，有一种不容置疑地命令在里面。不知道山是真的紧张到了极点，还是他破罐子破摔，一不做二不休了。只见他头也不太抬地大声朗读完"ｂ ｐ ｍ ｆ"之后，稍作停顿，竟然脱口而出：蹦苞噔嘎！他的这个创造性朗读，立时引来了整个课堂里的哄堂大笑，站在讲台上的老师也被他逗得笑了起来。一脸无辜的山，也跟着大家不好意思地笑着，一场尴尬的课堂考试，就在这样的哄笑声里结束了。

其实山比我们班上的许多同学都还要大一些，他个子高，就总是在坐在后面的石台子里。对了，我们那时候的课堂里没有课桌，就是一条一条的青石板，架在石头和砖块垒成的墩子上，我们称之为石台子。石台子被一茬茬的学生用得旧了，发出一些油亮的光，底下的石墩子，也被磨得光滑了。山经常迟到什么的，一般都是自己往最后的那一条石台子里去，也基本上不会影响到大家。

山在课堂上经常睡觉睡到扯呼噜流哈喇子，老师拿他没有办法，就用手里的粉笔头往他的脸上扔，有时候扔得准，砸在他的鼻梁子上，或是嘴唇子上了，山就会猛地一下抬起头来，睡眼朦胧地看着老师和大家，连忙擦去嘴角上的哈喇子。基本上，他的这些一连串的动作和神态，都会引来大家的一阵笑声。

有很长一段时间，山都是一个人占着后面长长的一截石台子，或者就是后面的一整条石台子。不仅因为他总是上课了好一阵子才晃晃悠悠地往课堂里走，还有一个重要的原因是，他的身上有一股子味道让人受不了，说不清是一种什么样的味道，类似于狐臭和脚气的那种味道吧。尤其到了夏天，熏得一些女同学捂着鼻子上课。可是山对这一切都视而不见，他一如既往地迟到，邋里邋遢地坐在教室的最后一排石台子后面。几乎所有的人都看不见他的表情，他也只能够看见所有人的后背和后脑勺。

老师曾经在班上公开地说过，山的智商不够，脑子没有发育好，所以要大家多帮助他。老师说这些话的时候，山就坐在我们教室的后面，有人回过头去看山的表情，山一脸自若，没有任何的反应。就这样,山成为我们班上的一个另类,有时候,也是我们班上的笑声和快乐的源泉。有一次,教音乐的赵老师来班里上课,班长喊了起立之后,赵老师刚刚示意同学们坐下,就听见最后一排石台子后面,"嘭"的一声传来。这一刻,有人惊诧地回过头去,有人从已经坐下的座位上又弹了起来,短暂地沉寂之后,终于有人忍不住笑出了声。接着,整个班上都笑开了,甚至在接来下的整节课上,都有人忍不住地捂着嘴偷笑。

教音乐的赵老师是我们学校里为数不多的年轻女老师,留着两条粗粗的长辫子。想必她一定是听到了教室后面发生了什么,但她只是在同学们止不住的笑声里尴尬了几分钟,就按部就班地开始上课了。那天的课堂上,是赵老师教唱一首来自延安的歌曲。曲调优美,抒情而高亢,可是整整一节课,我都沉浸在教室后面的那一声响屁里,加上不时会听到有人在小声地议论和偷笑,根本没有心思去学唱这一首抒情而高亢的革命歌曲。我一直在观察着赵老师脸上的表情,她的愤怒明明白白地写在了脸上,可她竟然一直忍着没有发作。直到下了课以后,她直接点了山的名字,让山跟着到办公室里去了。接下来的两节课,我们都再也没有见到山的影子。据说赵老师把这件事反映到校长那里去了,校长也非常生气,就让山站在校长的办公室里反省了一个上午。

因为一个"屁"的事,山成为我们学校里的新闻人物。这件事情几乎被传遍了学校里所有的班级。有的老师认为这是一种流氓行为,尤其针对一个年轻的女老师,应该严肃处理。也有的老师说,可能就是赶上了,山本来就是一个脑子不好使的学生,他没有控制住,不就是放了一个屁吗? 教育一下就行了。

最后,这件事情还是不了了之了。可能是学校里也觉得不好处理,就慢慢放下了。可是山因为这件事情出了名,一下子就成为大家调侃和戏耍的对象。有一个喜欢找事的同学就不怀好意地问山说,蹦雹噔嘎,你是怎么把一个屁放得那么响呀?山就咧着大嘴嘿嘿地笑,感觉还蛮有成就的样子。

又一次课间闲聊,山终于向大家公布了自己的秘密,他说,你觉得自己要放屁的时候,就先吸一口气,憋着,等到这个"屁"快要出来的时候,就猛地再呼一口气,把它放出来,你要它多响它就有多响!有人就把山的这一段描述写在了黑板上,还在下面画了一根长线,注明这就是将要闻名世界的"蹦雹噔嘎定律"。一时间,"蹦雹噔嘎定律"成为我们班上的官方语言,也成为山在整个学生时代的最高荣誉。

山姓周,他的名字叫什么我是一点记忆都没有了。由于就在一个村子里,小学毕业后我还经常在地里和街上见到过他。有时候见了面打个招呼,也不叫对方的名字,只是点点头,客气或者礼貌一下就过去了。但我知道山是一个多么不幸的人,他娘在他一岁的时候就病逝了,不到三十岁的爹带着山和他的姐姐过,一家三口,日子可想而知。后来山的姐姐出嫁了,山却一直找不上媳妇,一年一年地拖着。我出来当兵的那年,还在路上见过山一面,他和他爹在一块菜地里往地头山上拖菜秧子,满脸的愁苦和茫然,我没有顾得上和他打招呼就过去了。

过了许多年,我回家探亲的时候,路过他家原来的一块菜地,已盖起了几间房子。新盖的房子,山还在往屋里拾掇着什么,他远远地看见了我,就像从来不认识一样。我却看见了山一头灰白的头发,他斜楞着看了我一眼,我赶忙上前搭讪,除了简单的问候之外,许多话,我都不知道从何说起了。山木呆呆地站在那里,一句话都没有,我赶紧找了个理由逃跑了。

回到家里,我和母亲说起山的情况。母亲说,山这个孩子,家里穷,爹又老实,没有人张罗呀,这都三十好几的人了,看来光棍是打定了。还听说山和他爹也合不来,经常吵架,有时爷俩还动手,邻居本村的人都知道,哪有人愿意跟他过呀。后来听说爷俩也分了家,他爹卷了铺盖被他姐姐接走了。家里只剩下了山一个人,他拆了老房子,在挨着马路的菜地上盖了新房,落了一屁股的饥荒呢。

又是许多年过去了,头发灰白的山是否已经成家,他的新房子的饥荒,应该早已经还上了吧?

2011 年 11 月 19 日 14 点 41 分乌鲁木齐陋石斋

场

　　常山他爹是队里唯一的看场人。那时候，作为一个退伍军人，常山他爹倔强地穿着一身洗得发白的旧军装，在场院上指手画脚。据说，常山他爹因为患了一场肾病，大概是丧失了劳动力，队里照顾他，就让他在场院上打杂看护，算是生产队里比较清闲的工作了。可是，常山他爹却是一个过于较真的人，除了看护场院外，还常常充当队长的角色，对在场上干活的人说东道西，私下里没有少遭人白眼。

　　平日里，常山他爹性情温和，个头不高，但却是一个做事讲究，一根筋，认死理的人。他的一些"惊人之举"，常常被人们拿来调侃。他刚从部队上复员回到村子里的那一年，穿着一身军装去集上赶集，见有两个小伙子在集上打架，边上围着好多起哄和看"二行"的人。见两个小伙子子正打得难解难分，常山他爹便上前拉架。他以为自己身上的这一身军装，可以起到震慑的作用吧，拉架的时候，便说了一些不着边际的话，两个打架的小伙子不但没有听进去，还有一个认为被拉了偏架的小伙子，回手就给了常山他爹一拳。

　　这一拳不要紧，常山他爹捂着流血的鼻子就嚷嚷开了，说什么"我是刚退伍的"！那意思是，打了我你要小心点。谁知这正在打架的小伙子不吃他这一套,气呼呼地上来又是一拳,嘴里还说到:"哼,什么刚退伍的,就是刚退六的也照样打!"显然这小伙子没有把这个小个子的退伍军人放在眼里。

常山他爹挨了两拳,架没有拉开,还引来了围在边上那些看"二行"的人的一阵哄笑。那笑声里,显然是带着鄙视和不屑的。后来常山他爹的这个故事被不断演绎,几乎成了当时村子里家喻户晓的一段"佳话"。

一次,有人路过场院,听见有男女打架和嘶喊的声音,便想过去拉架。但当他走到跟前时,差一点没有笑晕过去。他看见了常山他娘正骑在常山他爹的身上,一边破口大骂,一边抽着常山他爹的大嘴巴子,常山他爹只有招架之功,没有了还手之力。看到了这一幕,拉架的人说他自己都感到羞愧,便扭头回去了。

场在家后的一片空旷地上,紧挨着一条小河,是队里堆放粮食和柴草的集中地,也是村人们劳作和休息的去处。夏天的晚上,人们在河里洗完了澡,便在场上铺上苫子,纳凉夜话,至深夜,盖着一床被单子,一觉睡到天亮。

到了冬天,秋收完成后,场上的草垛一座连着一座,围着场院一周,形成一个天然的避风港。我们这些喜欢凑热闹的小孩,也在晚饭后拖拉着一双棉鞋到场院的小屋里去烤火。不仅是烤火,还有大人们瞎话和家国大事。那时候家里的被子多数都不够用,就有人打起了草垛的主意。先是在草垛的中间掏一个小洞,然后再慢慢地往里掏,掏出一个大洞来,几个人钻进去,再把门口的洞用麦草堵上,就这样躺在草垛里,舒舒服服地睡上一个晚上。那些冬天里的童年和漫长夜晚,总是这样拥挤和温暖着的。

夜晚的风，从场院下面的沟崖上穿过，草垛被风扯得呼呼直响，像是一群又一群偷场的人，趁着这月黑风高，疯狂地抢掠着一个夜晚的恐惧和挣扎。看场人常山他爹，便对着一条沟崖狂吼乱骂一通，听得人们莫名其妙。然而，总是在这样的夜晚，有人来场上偷东西却是不争的事实。场院太大，常山他爹一个人站在看场的屋子外边，亲娘祖奶地骂，也只是骂骂而已，他根本阻止不了，也没有能力阻止这些夜晚里的偷盗行为。

也有一些明亮的夜晚，月光如水，照着霜白的草垛，仿若往事，陈年旧迹，寒冷也去了月亮的故乡。远处村庄的屋顶上，也被月光的水给洗了，显出了陈旧的洁净。巷子里的树影影绰绰，人影就小了。有不安分的人，借着月光下草垛的一角，常常干出些越轨之事。那一年冬天，一个外地说书的老光棍，就把村子里的一个小媳妇领进了草垛，正在欢愉之时，大概是忘乎所以了，被巡场的常山他爹逮个正着，他这一咋呼不要紧，半个村子的人都出来看热闹了。人们扭着那个外地的老光棍往大队部里走，他的双手被别在后面，头被压得低低的，像极了那个时代的阶级敌人。

老光棍一声不吭，被杂乱地人群涌向大队部的时候，那个小媳妇也羞愧难当地被他的男人扯着衣服拽回了家。我们不知道接下来将会发生什么事情，可以想见的是，这个小院里的呼天抢地和声嘶力竭。可是第二天早晨，我们凑着门缝往那小媳妇的院子里看的时候，寂静地小院里就像从来没有发生过什么似的。再后来，我们都拿着异样的目光盯着这小媳妇看，小媳妇也不躲闪，反倒多了几分妩媚和娇艳，走起路来屁股一扭一扭地，下地干活的时候，也穿着一件粉红色的确良褂子，那一片粉红，在湖地里远远地耀着人眼。

场院,是一个村庄的休闲广场。不论是农忙还是冬闲的时节,场院上,总是聚集着村子里最密集的欢乐和惆怅。有一年,不知是谁在中学的围墙外边捡回来一个篮球,整场整场的篮球赛,便风靡了半个村子。没有规则,也不需要规则,整个场院的空地,都是球场,没有球篮怎么办?有人想到了在场院上架过去的一条电话线,就把那一只脏乎乎的篮球当作排球打了,不知道那个时候,我的乡人们是否知道这个世界上有没有排球。

曾有一回,一位公社的干部骑着车子路过场院,看见一群人围着电话线扔篮球,他停下车子,把在场的人给狠狠地训了一通。可是,他骑着车子刚刚从人们的视线里消失,如火如荼的比赛就又重新开始了。

疯狂的乡村篮球赛是可以想见的,所有愿意参加的男人们都可以上场,不分彼此,没有对手,只要你能把球抢到手,幸运的话,你再把球扔过那根高过头顶的电话线,便是一次圆满的扣篮。那一只沾满了泥土的篮球在一群秃头瓜脑的肩膀上传递着,嬉笑怒骂,呼哧哧的气喘,成就了大人孩子的一片欢笑。

悲剧就是在这个时候发生的,大个子周东起人高马大,只要他在场上,那球基本上就没有别人的事了。他举着篮球往电话线下奔跑的时候,充气过猛的篮球瞬间发生了爆炸。周东起的耳朵被炸懵了,好像还流了血,他一下子歪倒在地上,像一个倒下的烈士,半天没有回过神来。后来,周东起的那只耳朵就聋了。

那一只爆炸后的篮球,被好几个人瓜分,做了几双趟水趟泥的凉鞋。

想想，乡村的场上，真像是一场贫穷的盛宴。而一场没有结束的宴会散场了后，我们却没有留住那些饥馑岁月里，最真实的欢笑和无边的惆怅。如今的那片乡场，早已经盖满了房屋，草垛堆起的地方，也已被院墙圈起。那些空旷和无垠的夜晚呢，只剩下了我的怀念和遥远的思乡。

乡村是一场梦，梦里，我睡在童年和乡间的一张大床上……

2011 年 11 月 30 日 07 点 54 分乌鲁木齐陋石斋

韭菜饭

回家吃饭,我从尚岩中学里要走两里多路,急慌忙张地赶回西水沟的家中,吃了饭不敢停留,脚不沾地又要往学校里赶。母亲总会把饭早早地盛好了,摆在桌子上用一只大碗或盘子扣着,我进门掀开碗就吃,狼吞虎咽的样子,总是让母亲看着心急,嘱咐我慢着吃。我知道母亲替我着急。可我那个时候,总是装作听不见母亲的话,呼啦啦地扒完了饭,把碗筷一丢,抹抹嘴巴就出门上学去了。

我不知道那个时候母亲的眼神最后落在了哪儿,我只顾着一个人闷头吃饭,很少能够体会母亲的目光。从上小学开始,每天早晨都是被母亲叫醒,揉着惺忪的睡眼往学校里赶。偶尔母亲睡过了,或者记错了时间,我的那一顿抱怨和脾气总是免不了的。年复一年,一日三餐,我从没有想过母亲是怎样熬过来的。

在那些饥馑的岁月里,母亲一个人苦撑着一家大小七口人的天空,她的饭菜,有时是不免粗糙的。但那个时候,全家人只是为了填饱肚子,没有别的选择,更无从抱怨。都说巧妇难为无米之炊,我无法想象当年的母亲,是怎样绞尽脑汁地让一家人吃饱肚子的。记忆里母亲操劳的身影总是模糊一片,只剩下了锅屋里的烟火灶台,那一团扑入鼻腔的饭菜的热浪,席卷着辘辘饥肠。我会迫不及待地拿上大碗，站在锅台后面，等待着母亲的那一把铁勺子，一碗热汤，滚烫的饭香，至今想来，仍然让我口舌生津。

可是，那个年代的美食呢？山芋面的饺子，茄子馅，拌上荤油，让我回味了好几十年。这是母亲的独门绝技吧，这么多年过去了，如今饺子也吃得多了，却怎么也吃不出当年的那个味道来了。更多的时候，在过往的回忆和梦境里，我仍然挣扎在饥饿和贫穷的阴影之中。我想到了那些山芋叶子拌的垛垛（窝头），掺了糠的煎饼，尽管有时难以下咽，却足以果腹的乡间食物，在那些漫无边际的岁月里，是怎样喂养了我人生的幼年时光。

到了生产队里分菜的时候，母亲总会留意那些被丢弃在路边和沟渠里的菜叶子，她用粪箕子把那些菜叶子背回家，加上少许的粮食用以充饥。萝卜、白菜叶子还被母亲背回家来，洗干净，闷在大大小小的坛子里，腌成咸菜，吃上一个冬天。到了山穷水尽的地步，家里没有一粒粮食的时候，母亲就是用这些存放子坛子里的菜叶子，煮一锅开水，也能将就一顿饭。

我到了尚岩中学上高中，家里的粮食仍然不够吃，断断续续，总有一些日子是断粮的。母亲为了不让我饿着肚子去上学，她压缩了全家的口粮，中午这一顿饭，一定要让我吃饱。越是没有粮食的日子，肚子越是饿得快，到了中午，一下课，我就急急慌慌地往家跑，就是要赶快填饱自己的肚子。

不管怎样，我知道我的这一顿午饭都是有保证的，因为母亲总会准时地守候在我放学回家的饭桌旁。记不住是春天还是夏天了，我慌慌地跑回家，母亲老远瞅见我，赶忙去锅屋里端来一海碗稠稠的菜叶子稀饭粥。我知道这是母亲特意为我准备的，一碗韭菜叶子和玉米茬子煮熟的粥,没有别的了,这是能够填饱肚子的食物。母亲不无歉意地望着我说,趁热喝了吧,吃完就往学校里走,别在外面瞎逛,肚子里面有食呢。

我端起大海碗,就着一块咸菜疙瘩,吃得喷香,回头望见了院子里的那一堆韭菜叶子。母亲千挑万选,从一堆就要腐烂的韭菜中挑选出我手里的这一碗菜粥呀。我用手擦了一把脑门上的汗珠子,假装着什么都没有看见,放下碗就出门了。

母亲生怕我没有吃饱,在后面追着说,锅里还有一碗呢,吃饱了再走!我头也不回地走了,生怕母亲看见了我眼眶里的泪水。

这一碗韭菜叶子和玉米茬子煮成的粥,让我在学校里疼痛了一个下午。后来我曾经想过,以后中午的这顿饭,是不是可以坚持着不吃,熬到晚上一顿来解决?我尝试了几回,还是撑不住,到不了下午,就饿得头晕眼花了,实在是招不住。母亲见我中午不回家,以为我在学校里出了什么事,不到下午放学的时间,就在门口等着了。当我告诉了自己的想法之后,母亲显出痛惜又气愤的神情,她说,家里再难,也不会缺了你这一口,小小年纪,正是长身体的时候,饿坏了身子,上学还有什么用?

在母亲的心目中,她一定是以为,我能够凭着自己的本事考上高中,将来一定会有出息的。她的这些心思,我在她和别人的闲聊中听到过好几次。她是把自己和全家人的希望都寄托在我的身上了。我想,她一定是为我能考上高中而感到过自豪的。让我惭愧的是,在贫穷和饥饿中上完了高中的我,没有为母亲和整个家庭迎来过丝毫的荣耀。高中毕业后,我回到了村子里,像一个真正的农民那样,扛着一把锄头,下地去了。虽然我后来当兵离开了那个苦难的村庄,可是母亲的苦难还远没有结束,她不仅忍受着一年又一年的分离之苦,眼巴巴地看着我一次又一次背着行囊,消失在她视野的尽头,还要为一个远行的游子担惊受怕,在无数个夜晚里默默地祈祷。

想来母亲是默认了这样的事实的,她宁愿意一个人承担着内心的苦痛,而不愿意将漫无边际的思念之苦,找一个人分担。到了后来,我曾经问过母亲,问她这么多年,我一个人去了那么远的地方,你就不担心回不来了吗?母亲说,我不让你走,留在我的身边也是受苦,你刚走的那些年,娘成夜成夜地睡不着,熬得娘眼睛都快看不见了。我说,那你为什么不捎信让我回来看你呀?她说,傻孩子呀,娘什么滋味没有尝过?这么多年都过来了,只要你们都过得好,就是让我现在去死,娘都不悔了。

都说贫穷是没有尊严的,但是怎样的贫穷可以将一个人的尊严击垮呢?我在自己的幼年记忆里,饱受着贫穷和饥饿的困扰,但是我贫穷的母亲,却教会了我怎样有尊严地活在这个世界上。

年迈的母亲,带着她的一身疾病走了,她以一身的伤痛表达了对这个世界的抗拒和努力。命运的沉浮和孤苦,没有击垮过她;那些困境甚至是绝望中的饥饿也没有击垮过她。目不识丁的母亲,以一介草民的哀怨和豁达,与自己的命运达成了一生的妥协。

母亲走了,成为我遥远故乡的一个背影。多少年了,她的那一碗冒着热气的韭菜饭,却一直温暖着我的肠胃。

2011 年 12 月 1 日 14 点 19 分乌鲁木齐陋石斋

拉魂腔

　　坊口的罗锅子，从云南一个人回来了。他几乎每年都要去一趟云南，在那个遥远得我们一无所知的地方，有他自己梦一样的远方。这是那个时代里，几乎所有的人都对罗锅子怀有神秘感的地方。

　　云南在哪里呢？我无从想象，记忆只是从罗锅子的讲述中得来的。那是一个只有春夏，没有秋冬的地方，群山、河流，漂移的土地和竹楼上的村庄。这一切还不足以让人感到神奇，让人好奇和感叹的是，罗锅子说那个地方的女人多，男人少，像他这样的北方男人，稀罕的不得了。罗锅子还说他在云南有一个相好，他只要一去了云南那个地方，就被那相好的女人和家人给关在了家里，每一次，他都是想办法从窗户外面跳了出来，穿山越岭才逃了回来。

　　现在想一想，罗锅子的讲述漏洞百出。可是我们宁愿意相信他的讲述，或者我们没有选择，在那个极度缺乏想象的年代里，我们宁愿意相信罗锅子神话般的传奇经历。没有人怀疑过罗锅子的经历和传说，就像他的一副好嗓子，能把四邻八村的大姑娘小媳妇，唱得五迷三道，魂不守舍一样。

　　罗锅子何许人也？在坊口村里，他家里被戏称为"一门三光棍"，除了年过三十的罗锅子，还有父亲和他哥，三个男人过日子，油干灯枯般的苦撑苦挨着。可是,别看罗锅子后背上顶着个不大不小的"磨盘",但他的嘴甜嗓子好,小曲小调张嘴就能来,高亢低缓,细水涓涓,唱的是鲁南乡下人百听不厌的柳琴调,人称拉魂腔的柳琴戏。凭着这一副好嗓子,罗锅子走南闯北,一年在家里的时间屈指可数。见多识广的罗锅子,回到村子里见到谁都亲,认识不认识的人,他都会上前打招呼,他走南闯北的经历,也便以各种各样的版本在东西两村里传递着。

罗锅子会唱戏,加上他经常出门在外,衣着打扮也和村子里的人不一样,身上有一些半土不洋的东西,虽然脸仍然是黑着的,留着一个汉奸一样的头型,说出的话,自然也是拐腔跑调。村子里没有人笑话过罗锅子,都觉得他不能算是一个正常的人,想一想他的家里一个老爹和同样光棍的哥哥,这一切,都被人们原谅或者忽略掉了。

一天,他哼着小曲来到村东头的柿树底下,大婶子二嫂子地叫了一遍,找了一块土坷垃就坐在了一堆正在啦呱的妇女们中间,便有人起哄让他唱上一段。罗锅子也不可客气,张嘴就来,他唱的是一段《王二英思夫》的悲情小调,霎时间,唱得一圈啦呱的妇人们没有了声音,大家一下子都沉浸在王二英的悲情故事当中。还没有等大家回过神来,这个时候,罗锅子的歌声就戛然而止了。他咳嗽了一声,把嗓子调换过来,开始东家长李家短地和一群妇人们说笑起来。

村子里男人们多半不会掺和进来,或者是不屑于和罗锅子这样的男人为伍吧,他们只是匆匆地路过,用一种习以为常的眼神瞟上一眼。间或也有人会在此停下来脚步,听上一会儿,插上一两句话,剩下的时间,就是听滔滔不绝的罗锅子,讲述他的风雨江南的艳遇和闯荡史了。

让我好奇地是,罗锅子讲述他在云南那么受到女人的宠爱,他为什么还要跑回来呢?这样的疑问在我的心里挥之不去,可是没有一个人向罗锅子提起,大家似乎都在随着罗锅子的节奏,一同编织一个远在天边的童话。罗锅子说他在云南的那些日子里,每天都被他心爱的女人及其家人严密看护着,不许离开家门半步,他说自己实在是太想家了,不得不一次次地逃回来。

有人就跟着问他说,既然那女人这么离不开你,为什么你不把那个女人带回来呀?罗锅子说,不能啊,那个地方的人都恋家得很,只准许外人进去,不允许族里的人出去。还有人问罗锅子,那你在那个地方做什么呀,难道什么活都不干吗?罗锅子得意地笑了笑说,你看我能干什么呀,除了唱唱,我还能干什么?她们一家子人,一个寨子的人,都被我的小曲给迷住了。

不知道罗锅子说的是不是实话,我只是在心里纳闷,你在那么好的地方不待,非要跑回来过光棍的日子,真是不可思议。

不可思议的事情还在后面,在一个大雪纷飞的早晨,村子里炸开了锅,一条爆炸性新闻在村子里传开——罗锅子领着装庄前头二安的老婆跑了!这怎么可能?那小媳妇才过门一年多,怀里还有一个吃奶的孩子,竟然扔下了孩子跟着罗锅子跑了。人们相互交换着信息,有不认识或者不熟悉那小媳妇的人,便开始打听着小媳妇是哪个庄上的,怎么这么糊涂呀!

没过多久,那个小媳妇就衣衫褴褛地跑回来了。她说想孩子想得不行,其实上路的时候就有点后悔了,加上一下子跟着罗锅子跑了，没有想清楚前因后果，又怕得不行，趁着罗锅子不注意，一个人从三百里外的徐州跑回来的。小媳妇的婆家也没有难为她，人前人后地也没有人敢当面提起过这件事情。只是那小媳妇家的男人们，发誓抓住了罗锅子，要把他的两条腿给砸断。

可是，罗锅子就此消失了，人们慢慢地将他淡忘，变得杳无音讯，毫无踪迹。

此后的许多年里，人们再也没有在村子里见过罗锅子的身影。不知他是真的去了云南那如梦如幻的女儿国，还是流落他乡，成为传说中的卖艺人？

记忆里，他的歌声缥缈，后背上压着的那一坨子肉，让他永远也抬不起头来歌唱，生活里的无奈和艰辛，竟然一点都没有影响到他唱腔里的千廻百转，抑扬顿挫。或许这一份人生的沧桑，全都在他走南闯北的嗓子眼里，慢慢地吞咽了。

想想这许多年里，他是否已经年迈得再也发不出一点声响了。

2011 年 12 月 7 日 20 点 13 分乌鲁木齐陨石斋

张村的夜晚

　　去张村,是跟着我的同学张双全回了一趟他在山里的家。张双全住校,两个星期回一趟家。周末的时候,他约我去他山里的家中做客,我几乎没有推辞,早上跟家里打了个招呼,就跟上他走了。那是一个秋天,我和张双全都是虚岁十五,上高一的那一年。

　　星期五上半天课,放了学之后,我和张双全随着呼呼啦啦的人群往山里走。十几里的山路,慢慢地,人群便分散到不同的村庄里去了。原来,和张双全一个学校考来的学生还有不少,有好几个是我们一个班上的,他们见张双全约了我一起回家,脸上的表情有点复杂,说不上是嫉妒还是羡慕。

　　从第一个学期开始,我和张双全个子小,都分在了前排,慢慢地就成了无话不说的好朋友了。都姓张,一论辈分,双全喊我四叔,就这样一直叫下来,我们这爷俩同学,成就了一辈子的友谊。

　　双全带着一个同学回家,显然他的爹娘事先并不知情,并且双全一上来就称呼我四叔,不知道双全的爹娘心里会怎么想,但他们却表示了应有的热情。记得当天晚上,双全他娘做了一个菜,让我记忆深刻。那盘菜有点特别,是用荤油炒的长果(花生)芽子,长果饱满,叶子粗嫩,嚼在嘴里脆生生的,加上荤油,香气萦绕,经久不曾散去。双全他娘怕我拘谨,一个劲地往我的煎饼里夹菜。我只是诺诺地应允着,嘴里面塞满了那脆生生的长果芽子。那一顿饭,我不知道吃了几个煎饼,喝了几碗汤,直觉得小肚子撑得圆圆的,走起路来都有些困难了。

晚饭后,张双全领着我到他们村后的河里去洗澡。其实也是他父母的意思,让我天黑之前,在村子里散散步,消消食吧。我们绕过了一些高低不平的巷子,来到了村后的一条小河。河岸上青石林立,杂草丛生,在那些石头的缝隙里,高高矮矮的蓖麻、蚕豆棵子,远远地躲在那些大石头的后面。再远处的河滩上,是一些低垂着的柿树、杏树等曾经缀满了果实的树木。回望小小的山村,像一幅旧了的山水画,夕阳西下,一只乌鸦,在暮色里飞向远处一片若有若无的树林。山野的风,竟有了些许的寒意。

可能是刚刚下过一场山雨的缘故,河水湍急,且浑浊,河面上不时有顺流而下的树枝、菜秧子冲下来。我见到这样的情景,心里就有些犹豫了,双全见我有点害怕,就指着下面稍微宽阔一点的一个水洼处说,要不我们就到那里去吧,那边的水浅点儿。晚饭后到河里洗澡,这是山里的习惯吧。已经有一些人蹲在水里了,有人在闲聊,看见张双全领着一个陌生人下到水里,大家一下就不吭声了。过了好久,才有人叫着张双全的小名,问是哪来的亲戚?双全回答说是自己的同学,洗澡的人便又一下子无语了。我们在河水里待了一会儿,也觉得尴尬,便草草地抄了几把水,洗了洗身上的汗味和尘土,沿着一条小路回家了。

这是张村的河流,在高低不平的山洼里,村庄贴着山脚一溜排开,错落着高高低低的草屋和瓦房,而石头堆砌的院墙,也一样是弯曲和起伏不平的。在一些草屋和瓦房的尽头,而这条我从来没有见过的河流，也让我感到了异乡的模样，一切都显得那样新鲜而陌生。

而夜晚是在什么时候降临的呢？是在我和张双全泡在河水里的时候，还是他领着我绕过一片庄稼地，仰望山上的果园和无边葱绿的时候，暮色沿着这村庄的轮廓，慢慢地合上了。我们回到家里的时候，双全他娘已经给我们在院子里铺好了苫子，并且院子也给打扫了一遍，有一股淡淡的尘土飞扬的味道在院子里弥漫着。

双全被他娘叫到屋子里说了一会儿话，回来就招呼着睡觉了。我们两个人睡在一条苫子的两头，每人盖着一床被单子。虽然已经进入秋天了，但夜晚的炎热一点也没有减弱，还有蚊子的袭扰，刚开始的时候，我只是睁着一双眼睛，看着黑幕中的天空发呆，不知道什么时候就进入了梦乡。等我醒来的时候，就听见隔着一条过道，在张双全家的前院里，传来一阵阵老人哀嚎般的叫声，其声凄厉。起初，我以为是自己做了噩梦，竖着耳朵一听，这声音来得真切，就在不远处的房子里。不知道双全这个时候睡着了没有，我有点害怕，一直憋着的一泡尿，也不敢起来去撒。

就这样一直挨到了天亮，那时断时续的哀嚎才没有了声音。我觉得好生奇怪，就试探着把夜里的经历讲给我的同学张双全听，双全一听便有些不好意思地说，昨天他也没有怎么睡踏实，前院里住的是他的爷爷，几年前得了一种奇怪的病，每到夜里便发出吓人的叫喊声，去了很多地方的大医院都查不出病因，后来一个神医说是山上的一个野兽附体了，家里人没有办法，每天晚上，便把他的爷爷关在前院一间无人居住的屋子里去了。夜夜如此，搅得邻居都不敢来家里串门了。由此可见，张双全贸然带着我这个同学回家，是受到了他爹娘责怪的。我也才想起来，在河里洗澡的时候，那些蹲在水里沉默不语的人，为什么一时说不出话了。

第二天一早吃过饭，我就和张双全一起回学校了。我一直都没有再敢问过他爷爷的事，不知道他爷爷的病到底治好了没有？后来我到了新疆，有一年回家探亲，便骑着车子去山里看双全。已经成家的双全依然住在父母的房子里，这一次我没有看见双全的爹娘，双全说他们已经搬出去住了。到了下午吃饭的时候，我又隐约听见了，多年前那个夜里的哀嚎声，只不过那声音变得更加微弱，也更加凄厉了，听起来若有若无，但更加撼人心魄。

我不知道是自己重回故地，耳朵还是意识里产生了错觉，还是这声音是真实发生的。我疑惑地看着了一眼双全，他说，还是我爷爷，都九十多了，原来是夜里叫，现在白天也叫开了，没有办法，我们都已经习惯了。我说，怎么一直都治不好吗？双全说，不是治不好，是越治越严重了。

我不知道双全爷爷的病，是怎么一天天严重下来的，看来我的这些疑问，还是影响到了他的心情。他说，人老了，却没有人管了，现在就是我在照顾着爷爷呢！双全的叹息里满含着无奈。

自此之后，我再也没有机会去过那个叫张村的山庄。虽然有几次和张双全通电话的机会，我张了几次口，终没有敢把话题触及他年迈的爷爷和那个夜晚凄厉的哀嚎声。

2011 年 12 月 8 日 19 点 48 分乌鲁木齐陋石斋

冷老师

　　读到高中一年级的第二个学期，我们的语文老师换了一个人。一个清瘦、刻板的中年老师，他的名字有点冷，叫冷相和。三十多年过去了，从小学读到中学，在那条漫长而艰难的乡村求学路上，虽然许多老师的面容都历历在目，可是他们当中，多数人的名字我都无从记起了，却独独地记住了冷相和老师的名字。几十年来，冷老师清瘦的脸上被造就的棱角分明，他少有的笑意，不知是性格使然，还是真实的生活造就了他这张酸楚的面孔。

　　冷老师面无表情地站在讲台上，那一手清秀的板书，在黑板上也显得瘦骨嶙峋。刚开始的时候，班上的同学不太适应，以为是这个老师刚刚来，大家都还满怀着期待。可是，一个星期下来，就有人议论开了，说这个冷老师上课太乏味了，许多人说碰到冷老师的课，就想打瞌睡。慢慢地，课堂上交头接耳，甚至小打小闹的事情也时有发生，整个教室里乱哄哄的，像一群蚊子闯进了集市，此起彼伏的嘈杂声持续着冷老师的整堂课。

　　想想我都有点难为情，那个时候我是喜欢上语文课的。班上几个语文好一点的同学，私下里也曾经给冷老师建议过，希望他上课的时候，可以对课堂纪律作一点要求。但冷老师的态度却未置可否，他好像对我们几个人的意见置若罔闻，没有给予明确的答复。以后上课的时候，还是依然如故。后来，冷老师的课堂纪律，还是被反映到学校领导那里去了，因为我记得当时冷老师带了高一年级的三班和四班，不是我们四班的学生，就是三班的学生反映上去的。

有过一段时间，冷老师上课的时候，我们的校长或者教务主任就坐在我们教室的最后一排，现在想来，应该有整顿课堂纪律，也有监督冷老师的意思吧。冷老师上课还是那样不温不火，照本宣科，他所有的表述和讲解都不会超过课本所能规范的边界。课堂纪律是好了一些，但冷老师上课时的寡淡和了无情趣，依然在同学们中间蔓延着。有时冷老师上课的时候，遇到这种情况我都替他心里着急。

可是冷老师并没有感到这样的状况有什么不妥。他茂密的头发向后板板地梳过去，一些灰发会从那些黑色的茂密里随意地窜出来，他的头顶上，混合了粉笔尘埃的苍茫和倦怠；永远的灰蓝色中山装，是洗得泛白了的那一种，料子也是那个时代乡村里最为常见的迪卡布，只是那些陈旧的整洁里，显出了一个教书人的倔强和落寞。

冷老师显然也有过一些温和的时刻，在讲台上，他的脸上少有的阳光，常常是学校放假或者要交代一些事情的时候，冷老师温暖的神色，被他低缓的话语携带着，殷切而深情。有过一段时间，冷老师还担任着我们班上的班主任，平时没有他的课，他也会到我们的班上来听课，有时利用放学或者课间的时间，他会急匆匆地走到讲台上讲几句话，交代一些事情或者学校的通知，话语简短，简练而果断，和他平时上课的时候，简直是判若两人。

如果事情仅仅到此为止,恐怕冷老师就像我的学生生涯里的大多数老师一样,随着时光的流逝,会慢慢地退回到岁月和往事之中去了。这么多年来,冷老师的面目之所以如此清晰地盘桓在我的记忆里挥之不去,还因为一次意外的事件,使我留存住了冷老师那一张不苟言笑,严肃得几近于刻板的师者的表情。

　　高中第二年的后一个学期吧,忘记了是整个临沂地区还是苍山县组织的一次作文比赛。试题是刻印好的,像平常的考试一样,在规定的时间内,完成一篇命题作文。记得是一篇描写秋天的题目,我依稀记得自己当时在《红旗》杂志上看到过的一篇散文诗,也应该是描写季节的,写人状物,拟人的手法,我在自己的这篇作文里稍稍地借鉴了一下,也借此发挥了一点自己对于乡间景物的想象力。整篇作文一气呵成,好像也应该是那种前言不搭后语,有一点激情澎湃的意思了。我当时并没有觉得这篇作文和我平时的作文有什么特别之处,只是匆忙地交了卷子。在此后的几天时间里,我几乎就要淡忘了作文比赛的这件事。

　　有一天,冷老师表情严肃地站在讲台上,讲评我们班此次参加作文比赛的情况。他先说了我们班上的整体成绩,接着又表扬了班上几个成绩比较好的同学,还刻意地点了几个同学的名字。当时,小小的虚荣心和习惯性心理在作祟,我多么希望冷老师的表扬名单里,能够有我的名字呀,甚至想当然地,每当冷老师念到一个同学名字之后,我都会觉得,下一个被念到的名字应该是我了。

　　可是,眼看着冷老师的讲评就要结束了,我的名字和成绩一直没有出现,好像整个比赛就跟我一个人无关一样。最后,冷老师特别提到了最后要强调一个问题,说我们班上有个别同学,有抄袭的嫌疑,希望引起同学们的注意。当冷老师说到这个问题的时候,我还没有意识到这个问题会和自己有任何的关系。冷老师话题一转,说我们班上一个同学的作文,写得很好,可是最后经过县教育局语文教研室的老师们集体阅卷后,一致认为,这篇作文绝对不是出自一个中学生之手,所以判定这篇作文是抄袭的,这次比赛,就不能得分了。冷老师还说,至于是哪一位同学,他就不点出名字了,也希望同学们不要相互议论,引以为戒就是了。

我当时一听脑袋就懵掉了。凭着直觉,我觉得冷老师说的那个同学应该不是别人,就是我自己。我的心狂跳不止。事后,比赛的卷子发下来了,大家都在忙着看自己的成绩,似乎没有人发现,我的卷子上被改卷子的老师画了一道道红线,却没有成绩。没有成绩,也不是零分,那我的比赛是什么结果呢? 我赶紧收起了卷子,生怕被别的同学看见或者问起。下课后,冷老师把我叫到了他的办公室里跟我谈了一次话。冷老师的表情严肃,但话却比较温和。他说,看到自己的卷子了吧,你的这份卷子,被好几个阅卷老师传阅过,大家一致认为,以你一个中学生的水平,绝对写不了这样的文章,所以没有给你成绩,也没有给你零分,就是希望你能正确对待,不要有什么想不通的。冷老师一句都没有说我抄袭的事,尽管意思是点到了。我当然有点想不通,刚要张嘴辩解几句,就被冷老师一挥手给挡回去了,他说,不要有什么思想负担,也不是什么正规的考试,回去好好学习吧!

张口结舌的我,只有悻悻回到了教室里。没有人注意到我心里的委屈和羞愧,很快,下一节课又开始了。放学后,我怀揣着这一张没有成绩的比赛作文,心里面满是羞愧和不服气,回到家里后,我也没有办法和母亲说起,我刻意地隐瞒了学校里的这次作文比赛。可是这件事情一直在我的心里纠缠着,有一天,我终于把这件事情的原委讲给了大哥听。大哥听了我的讲述后说,如果真是这样的话,这并不是一件坏事,它至少说明了你的作文水平被认可了!我一听这话,心里边一下子豁然开朗了,是呀,这不刚好也证明了自己吗?

此后的作文和考试中,我一直坚持着自己的路子走,每一次都有不错的成绩出来。作为这一次的"抄袭事件"的当事人,反而为我的作文写作增加了更多的自信心。不过,一直到高中毕业离开学校,冷老师再也没有跟我谈起这次作文比赛的事,不知道是他已经忘记了这件事,还是他刻意地在我的面前遗忘了呢?

2011 年 12 月 12 日 19 点 13 分乌鲁木齐陋石斋

十里香

临近毕业的时候,感觉到自己在学校里的时间正在分分秒秒地减少着,宛若流水和时光里的急切,缓慢而不可阻挡的离去的脚步,正在加速的到来。校园里的房舍、教室,草坪上的灌木,走廊里的灯光以及路灯下面的树木,都变得别样亲切起来。随着离校时间的临近,一些莫名的惆怅,开始在同学们中间弥漫开来。

我知道这一切,几乎是不可挽回的了。因为,随着时间流走的,不仅是我们内心的留恋和不舍,还有对未来和前途的迷茫。人生的路,似乎才刚刚开始,而前路渺渺,不知道人生的下一站,会在哪个方向停留?对我这样的农村孩子来说,离开了学校,基本就剩下了一条回乡的路。

尚岩中学又被称作苍山二中,那一年的高二毕业班,共有四个班,最后临近高考的两个月,学校里又分别从各班里选了一些学习好或者有升学希望的人,合并成了两个班。实际上,还没有到正式毕业的时候,就已经有一多半的同学,卷着铺盖回家去了。我甚至不知道有些同学是在什么时候独自离开的,他们的村庄或者就在学校附近,或者离学校有十几里以上的路程。

乡村里的少年,习惯了默默地承受或独自离去。有些同学,中午还在一起吃饭,下午上课的时候,却听说已经走了。一个又一个熟悉的身影和脸庞,就这样从我眼前消失了,离去了,这让我有些难以言喻的伤感甚至悲伤。剩下来的时光里,便不免有些彷徨起来,回到班上,一多半都是陌生的面孔。两年的高中生活,真正使我成长的,我觉得应该就是这分别和离开的最后两个月,使我懂得了珍惜和依依的惜别。

1980 年的夏天,我虚岁十六,惶然中我懂得了惜别的滋味,也真正地意识到了,所谓的就此一别,就要天各一方了。事实上也是这样,高中毕业已经三十多年了,我们高二四班的五十多个同学,我见过面,或者有过联系的,我仔细地想了想,不足二十人,迄今,我一个人飘在新疆,已几近断绝了同学们的音讯。只是思乡的梦里,还有那些四海漂游的同学们少年的身影,依依乡音,已经不堪回首了。

人生的这一条路,出发,集合,弯弯曲曲,然后各奔东西,音讯渺茫。而同学少年,多少苍茫的岁月,已经遮掩了一条回乡的路。我能够回忆起来的,还是那些夏天的夜晚里,在晚自习的灯光下面,那些扑入眼鼻的花香和树影的摇曳。在我们教室通往宿舍的那条小路的两旁,几株在高大的槐树和杨树下面匍匐着的十里香,细碎的叶片,细碎的白色的花朵,在一些若有若无的灯光和树影的掩映下,弥漫而忧伤。

后来,在很久之后来我才知道,这是"世界上香气飘溢最远的花",是一种白色的野蔷薇。这些花的枝条和叶蔓,是那样细小和低矮,以至在白天的时候,我竟完全忘记了它的存在。可是每到夜晚,那些细碎的白色小花,便在空气里花香四溢,即使是一些无风的夜晚,你也能够闻得见那些草坪和小路边上的花香,远远地望去，像是飘雪的枝头。

这样的季节和花香，似乎是适合校园和少年的青春生活的。就有那么几对男女同学，毕业的时候，是牵着手走的。后来他们结婚生子，成就了一些平凡的乡村夫妻的幸福生活。后来，我从一些同学口中得知这些消息的时候，竟然还蒙在鼓里。我张大了嘴巴，好生疑问，不知道他们是在什么时候谈的恋爱，花前月下，总是花香。我那个时候，只是闻见了花香，却不知情愁爱恨，甜蜜如斯。

但有一些事件，我还是知道甚至是参与过的。一位金姓同学，有一天躲在一边神秘地打开一封信，正欲过目时，被一位看出了端倪的同学引来一众人等围观起哄，情急之下，这位金姓同学慌忙中撕了信，一抬手，把那还没有来得及撕碎的"情书"，扔到了学校围墙外边的庄稼地里去了。竟有那锲而不舍的同学翻过墙去，完整地捧回那封信，几个人默契地粘接着读给宿舍里的几个同学听。那个写信的女同学曾经是我的同桌，她写给"爱人"的这封信，委婉而深情，大意是说，马上就要毕业了，希望他不要忘了自己之类的话。还有一些海枯石烂的爱情誓言，听得我脸红心跳。

后来，毕业之后没有两年他们就结婚了，接连生了三个女儿。我的那个男同学，酗酒、赌博，而我的那个曾经发誓"海枯石烂"的女同学，最终忍受不了酗酒的丈夫和家庭的贫穷，跟着她丈夫的一位哥们私奔去了。想不到的是，我的那位酗酒的同学，在妻子跟着自己的哥们跑了之后，酗酒日甚，终在一场别人的酒席之后，大醉不醒，再没有醒来。那一年，听说他还不到四十岁。三个没有成年的女儿流落到亲戚家里去了，最后是一场家破人亡的人间悲剧。

每当想起这个故事，我总是要回忆起我们挤在宿舍里，拼接着那一封情书时的情景。甚至我还宿命地想到,他们不幸的婚姻和家庭悲剧,是不是和我们恶作剧般的争抢和分享人家的情书有关?那一封尚未被撕碎的情书,自然作不了天女散花,但终究是被撕了的,在冥冥中的命运里,这一场人生的劫难,难道早就已经是不可避免的了吗?

三十多年的时光,不知道是远,还是近。我的回忆里满是歆歔,那些青春年少的时光,那些夏夜里的花香和朦胧的灯光下面,爱情和往事都已经远去,不知道散落在世界的哪些角落里去了。我们深深地陷入到这个世界的时间和遗忘之中,天涯远路,四海漂泊,谁还能找到一条回去的路?

2011 年 12 月 15 日 03 点 57 分乌鲁木齐陌石斋

急性阑尾炎

终于等到了这一天，要参加高考了。十年寒窗，从小学读到高中毕业，实际上我用了九年的时间。算一算，我的求学生涯，基本上就是一部饥饿和疾病相互缠绕的成长史。我当然会明白此时的"高考"，对于我这样一个贫寒子弟意味着什么？

这个夏天异常的闷热。刚刚下过的一场连阴雨，使四野的庄稼地里闷若蒸笼，地里的湿气在强烈阳光的作用下，渐成缭绕的雾气四散飘荡。早晨我出门的时候，远远近近的村庄，蔓延在一片屋顶和树梢的云雾中。我看了一眼湿热的土路，还能够闻到旁边二蛋家猪圈里的味道。二蛋家的这头猪早就被"烤焦"了，它哼哼唧唧地趴在猪圈的围墙上，抬头向我看看，似曾相识的样子，又显得有点不耐烦，掉头去了猪圈的另一侧，自顾用它的脏嘴拱土去了。

我还看到了路边的草垛底下，一只芦花公鸡压在一只草头母鸡的背上，几秒钟的工夫吧，那公鸡便如释重负，从容不迫地从母鸡身上跳将下来，大摇大摆地走向被草垛挡着的一片阴凉地。那母鸡起来，抖了抖身上的尘土和那芦花公鸡的压迫，伸展了一下翅膀，张了张嘴，又咽了回去。那芦花公鸡和草头母鸡，在庄头上的草垛里完成了堪称美满的结合，然后，各自循着脚底下的粮食和草籽,回到各自的鸡群里去了。

对于这样的乡村景象,我已经习以为常。就像我已经习惯了一只狗在我的身边呼啸而过,去追逐另一只夺命而去的狗一样。猪狗鸡鸭,在乡村的秩序里各行其道,它们并没有妨碍着庄稼的生长,四邻的和睦或者激烈地争吵,其或有时的拳脚相向。可是今天,我没有更多的心思流连在村庄的风景里,我忐忑不安地行走在去往考场的路上。

母亲自然也格外重视我这次为期两天半,但却足以改变命运的"高考"。参加考试的第一天,她早早地为我做好了早饭,并在我带往学校的煎饼里,放了两个咸鸭蛋。说心里话,我对这次考试并没有多大信心,但我必须像一个真正的学子那样,肩负着全家人的重托,就像面对一次生死的抉择那样,义无反顾地走向考场。

考场就在我上学的中学里,监考老师是从另外的中学调换过来的。上午考了一门,大概是语文、政治之类的试卷,我做得还算轻松,暗地里,我对自己的这次高考有了一点信心了。中午吃了母亲卷好了的煎饼和咸鸭蛋。午睡之前,我感到有点口渴,想到母亲的嘱咐,考试的时候,不要渴着自己,便到学校中间的"大街上"买了一个脆瓜,在水龙头上洗了洗,咔哧咔哧地啃了下去。然后,我爬到高低床的二层铺上,美美地睡了一觉。

听到起床的铃声时,我感到床头上摇晃了一下,就见宿舍里的同学,一个个神情紧张地穿衣下床。我侧着身子抬起头来,顿时感觉嗓子里有一股东西往外涌,来不及了,几乎是喷泻而出,那一股子酸水伴随着中午吃下去的脆瓜,一下子就喷溅而下。此时,我下铺的万传峰正在低头整理自己的鞋子,不偏不倚,我的这一口喷溅,全都泻落在万传峰的脖子里。毫无防备的万传峰狼狈至极,连忙号叫着跑开了。没有办法,考试的时间马上到了,万传峰虽然满肚子是气,他也没有办法和我计较了。

万传峰跑到水龙头上冲洗去了。我也连忙擦了一下床沿和地上的喷泻之物,强忍着肚子里的翻江倒海,直奔考场而去。我在水龙头下面洗了把脸,用清水漱了漱口,并没有感觉问题有多么严重。

坐在考场上的时候,有点头晕目眩,眼睛里老是闪着金光。我咬紧了牙关,没有让自己倒下去,觉得自己可以挺得住。发下来的考试卷子,我记得不是物理就是历史,我用眼睛粗略地扫了一眼,觉得有好几道题是自己立马就可以做上来的。我暗暗地祈祷着,别让意外情况再一次发生。可是,问题却越来越严重,我的嗓子里有了更强烈的呕吐欲望,头也晕得不行。但我已经不能再开口讲话了,我担心我只要一张开口,那一泻千里的呕吐物,就会喷泻而出。

实在是撑不住了,我用一只胳膊肘子撑在试卷上,用一只手高高地举起。监考老师马上过来,问我怎么了?我的脸色蜡黄,大汗淋漓,不用问老师也应该知道我是生病了。我没有回答老师的提问,我只是用手里的钢笔,在演草纸上歪歪扭扭地写了几个大字:我不行了!老师见状,连忙招呼,在教室外面当志愿者的学生,准备把我架出考场。

正在各个考场巡视的教务处王主任,恰好路过我们的考场。他首先走到我座位前,伸手将我扶了起来,小声地跟我说,不要紧,再坚持一下,马上校医就来了。说着,便拎着我的胳膊往外走。记得我坐的是最靠里面的那一排，我趴在王主任肥胖的胳膊上，艰难地往前挪动着。快要挪到门口的时候，我终于坚持不住了，来不及挣脱王主任的胳膊，一张口，巨大的热浪喷涌而出，顺着王主任的胳膊和裤子，一直喷到王主任的脚面上去了。王主任当时穿的是一条绸缎还是什么料子的裤子，抖抖的裤腿上，马上是一片稀里哗啦，并且顺流直下，他的脚上好像是因为脚气的缘故，穿着一双用布条子结成的凉鞋，也因为这些顺流之物，全都给灌满了。

王主任当然没有办法停下来，他连连招手外面的志愿者，几个人七手八脚把我抬进了学校医务室。记得校医给我吃了仁丹丸，还让我喝了一小瓶药水。见我躺在医务室的床上，肚子已经疼得受不了，校医便和学校的领导商量，找人把我送回家。当时在考场外边做志愿者的宋科昌，和我是一个村的，后来还和我一同当兵到了新疆。学校让宋科昌和另外一个同学，把我背回了二里路之外的家。

我趴在宋科昌汗流如柱的背上，几近昏迷地往回赶。还没有到村头，就有送信的人跑到了我的家里，母亲、大哥等人慌慌张张地赶来接我，一看我这个样子，赶紧找来一辆胶车子(鲁南乡间的独轮车)铺上一场被子，就往公社的卫生院去了。

我在卫生院里住了三天，挂了三天的吊瓶。医生最后的诊断，我得的是一种那时候乡村里常见的"急性阑尾炎"。还说幸亏送来的及时，要不后果不堪设想。

等我从卫生院里病愈出院的时候，高考已经先于前一天结束了。辛辛苦苦读了这么多年书，最后因为一场突如其来的"急性阑尾炎"而草草地收场了。我没有去学校里复读,家里的条件也不允许我再去复读。

我的贫病交加的学生生涯,就此画上了一个不无遗憾的句号。

2011 年 12 月 15 日 22 点 02 分乌鲁木齐陋石斋

木匠

升学无望,回到家里,我意识到自己必须接受一个严酷的现实了,那就是扎扎实实地做一个真正的农民。可是我一时还适应不了农田里的生活。锄地的时候,经常是草没有除掉,庄稼倒了一片,气得年长我一岁,但已务农好几年的三哥火冒三丈。许多时候,他会用一种非常鄙夷的口气,把我糟蹋得一无是处。

有时候我是真想帮他的忙,却往往帮了倒忙。有一天早晨,三哥在地里摘了几袋子青椒、洋柿子(西红柿),结结实实地封在自行车的后座上,准备去七十里路外的枣庄市里去卖。为了赶早,他天没有亮就下地了,等我起来的时候,他已经将车子停在了家门口,回到院子里收拾了杆秤和挎包等准备出发。我见车子停在门口,有点好奇,也想尝试着自己是不是可以驾驭得了。不曾想,我刚一把后车座下的"腿撑子"踢开,还没有扶稳车把,那一辆后座上装满了青椒和洋柿子的"大金鹿"自行车,就义无反顾地向后仰翻过去了。我连一点反应的能力都没有。想把车子扶起来,可是我费了好大的劲,怎么也扶不起来。提着秤和挎包出来的三哥见状,几乎就要崩溃了。他什么都没有说,只是一把将我推开,一个人把那仰面倒地的车子扶了起来。他正了正车把,晃了晃后车座上的筐子,一个人推着车子往村头的路上走去。我凄然地站在那里,满脸羞愧地看着三哥推着车子上了村头的公路，晃晃悠悠地走远了。

大哥和二哥此时都已成家单过，姐姐也出嫁了，三哥就成了家里的壮劳力。我的突然下学，不仅我自己还没有适应，母亲和三哥也还没有习惯过来。在家里和三哥干了一阵子农活之后，经常因为自己的笨拙和不得要领跟三哥发生矛盾。母亲见我不是下地干活的料，就和大哥、二哥商量着，想让我学一门手艺，也不枉上了这么多年的学。

这时，伯父家的堂哥张继连，刚从沟西的表叔那里学成木匠归来，正愁着没有一个帮手呢。似乎是顺理成章，我做了继连哥的第一个徒弟。继连哥比我也大不了几岁，他基本上没有上过学，先是练过武术，后来脑子灵活的他又跟着沟西的表叔学了两年木匠，听说在沟西的时候，吃了不少苦，受了不少委屈，还没有等到三年出徒，就自己回家单干了。

别看继连哥没有多少文化，但懂得的礼数却不少，想必也是在沟西的木匠表叔那里学来的吧。他说，学艺不如偷艺。意思是说，不能光等着师傅来教你，你自己要有眼神头，要自己在心里偷偷地记，慢慢地琢磨。除了眼神头好，手脚勤快之外，还要吃得苦中苦，才能学到手艺。起初的那些天，我由于受不了这些苦，曾经想打退堂鼓。母亲告诉我说，家里供你上了这么多年学，你又干不了地里的活，不学一门手艺，将来自己怎么支家过日子？再说，这点苦你都受不了，将来还能做什么！

我硬着头皮跟着继连哥学木匠的时候，也正是继连哥的木匠手艺处在实验和摸索阶段的时候。后来，三叔家的堂弟栓也加入进来，我们两个把伯父家南墙根堆放的一堆木头画线、锯开，然后在继连哥的指挥下,尝试着做成大小不一的椅子、柜子等家具。等到继连哥的手艺差不多的时候,我们便去杀了伯父家的一棵洋槐树,做成结婚用的五斗橱、八仙桌等,拿到了集市上去卖。

应该承认,继连哥是一个木匠的天才。他不认识几个字,但买回来的家具图纸和样式,他都能基本上模仿出来。很快,我们做的家具由于样式新颖,油漆独特,在集市的家具摊上成了抢手货。有时,还会有一些外庄上的亲戚和熟人什么的,请我们到家里去打制家具。起初,继连哥带着我和堂弟栓,到人家里一干就是好几天。

后来,活越来越多,继连哥的名声也越传越远,就有慕名的学徒托了各种关系找到伯父家里来,继连哥徒弟也多了起来,最多的时候,记得吃饭时可以坐满一个桌子。后来的徒弟多了,刚收进来的,继连哥就让我先带着,教一些规矩和基本的入门手艺。后来,忙不过来的时候,他就让我独自带着一帮子人马,去人家里把一单子活干完,等到快要结束了,他才过来看一看,收了工钱走人。

除了接受邀请去外地做活之外,有相当多的时间,继连哥会把众多的徒弟放在家里干活。那个时候的家里家外,俨然是一个小型的家具加工厂,锯声隆隆,刨花飞溅,彻夜的灯火挑在院子里,老远都能看见院子里的光亮。

继连哥的家具作坊里生产的家具,大多会集中到过年逢会的时候,把打磨油漆好的家具装在两辆地排车上,分别用两三辆自行车拖着,方圆远近地逢集赶会,卖了不少好价钱。看着源源不断的票子进了继连哥的腰包,我当时的心里多少有一点不平衡了。

我偷偷地在家里置办一些简单的锯子、斧子、凿子和刨子等木匠的家什,尝试着自己做一些简单的家具。由于和伯父家只有一墙之隔，我在家里敲敲打打的时候，继连哥肯定是知道的，但他心里有数，凭着我当时的手艺，做不出什么像样的东西来。因为他那些看家的本领，还没有舍得教给我呢，关键的"画线""粘膘"等技术活，他大多是拿到屋里，或者把我支开，自己单独完成的。这似乎是传艺人不成文的老规矩。

后来，继连哥见我有要脱离他的意思了，就跟我说，你是不是想自己干了？我说，没有呀，我还没有学徒出师呢。他就笑着跟我说，你是不是觉得自己的翅膀硬了，想飞呀？我一听他话里有话，也就闷着头不说话了。过了几天，继连哥说，你这一年来也吃了不少苦，出了不少力，这样吧，你再跟着我干一年，我让你提前一年出师，给你置办一套家什，你也可以另立门户了。我忙说，早呢，早呢，就是跟着您学上三年，我也不一定能得了师呀！继连哥就说，就是嘛，我在沟西那么苦，学了快三年（实际上是两年还不到），也不就是学了个"半瓶子醋"吗！这样吧，你活儿干得也有模有样了，也不能让你亏着了，每月开你十五块钱的工钱，活多了，再给你加点，你看咋样？

我长这么大，还从来没有想到过工钱是怎么一回事。继连哥这么突如其来的提起了工钱，并且一提就是十五块钱，我一下子就懵掉了。忙点着头，涨红了脸地"嗯嗯"着。晚上回到家里，我把工钱的事给母亲说了。母亲说，不要做没有良心的事，你堂哥待你不错，给不给钱的，你都得跟着他干满三年再说。

可是，随着我在继连哥的木匠班里，独掌一面的机会越来越多，我的心里，慢慢地开始有点儿膨胀了。即使是嘴上不说，心里的情绪还是有的。加上继连哥对徒弟的抠门，已经有好几个徒弟找理由离开了。虽然很快又有新的徒弟收进来,但继连哥似乎也意识到了问题的严重性。他分几次给发了工钱,并说,你好好干,那几个二半吊子,没有一个是当木匠的料,将来最有出息的肯定是你。

我的堂弟栓,比我学徒的时间晚不了几天,见我每月拿着十五块的工钱,心里不平衡,怪话也多了起来,甚至连三叔也在一次酒后当着继连哥的面,表达了类似的愤怒。可是继连哥说栓不能和我比,眼里没有活,手上没有劲。三叔很生气。没过多久,堂弟栓就不干了,投奔了广州他大舅那里。堂弟栓的大舅,是一个世袭的木匠,当年逃荒去了南方,是一家木器厂的工人。

2011 年 12 月 17 日 02 点 38 分乌鲁木齐陋石斋

杨庄和田屯

乡村木匠的生涯,多半是在游走中度过的。老木匠们背着自己的工具箱子,穿过村庄中的幽深窄巷,有些时候是到亲戚和熟人的家里,有些时候是因了亲戚和熟人的关系,做家具,打嫁妆,挣的是一些手艺钱,也是一些辛苦钱。老木匠们奔走的遗风,似乎还在影响着我们所处的那个"新时代"。只不过我们是骑着一些各种杂牌子的洋车子(自行车),后面驮着工具和一些还不会骑车子的人。即使你会骑车子,也没有那么多的洋车子可骑,多半是"拼车"一族,到了地方就行。

我们去的是山里的杨庄。在半山腰上的杨庄,洋车子骑到山底下就蹬不动了,前边一个人扶着车把,后边那个坐在车子上的人,便只有下车做了"推夫"。山里的亲戚,有女出嫁,去年冬天做过一阵子的木匠活,不想我们这些来自"南乡"的木匠,留下了一些好名声。夏天的时候,又传话来说去给另几家打家具。山里的杂木多,且无大树,干起活来就特别的吃力。好在山里人实在,同样几件家具,你在他家里多干上几天也没有关系。

对了,我们那个时候,也是一些吃百家饭的人。活儿干到哪儿,就吃住在人家的家里。我们在杨庄的时候,给一家朱姓人家做女儿的嫁妆,就是住在他家前院已经荒废了好多年的一座小院子里的。朱家有六个女儿，却是一个无儿户，大女儿招了一个倒插门的女婿，二女儿出嫁到了邻村，我们给做嫁妆的，是家里的三女儿。家里当家的是朱家的大婶子，她支应着一家子人围着我们这一伙人转，主要是打个下手，也有业余监工的意思。老头和家里的大女婿主要是在地里干活，每天晚上吃饭的时候才能见到，家里面就剩下了大小不一的几个女儿。

大婶子是一个节俭的人，炒菜的时候舍不得放油，炒出来的菜干干巴巴的，吃得我们这些木匠好没有滋味。有一回，我到他们家的磨刀石上去磨刨刃子，刚好看见大婶子正在用铲子往盘子里装菜，最后的时候，大婶子的一个动作让我一下子愣在了那里。大婶子伸长了舌头，把铁铲子里外舔了个遍，然后又把铲子在那盘子菜上习惯性地拍了拍。

我回去的时候，就把我看到的这一幕说给大家听了，结果那顿饭几乎谁都没有动筷子。没有办法，你摊上了这样不讲究的人家，还是得忍着。还有不能忍的是，当时已经是夏天了，继连哥说，大婶子家里全都是女的，进进出出的都不方便，后来我们就把干活的场子移到了大婶子院子外边的几棵柿树底下。

柿子树紧挨着的就是杨庄的一道悬崖，悬崖不深，全是跌跌撞撞的石头和齐腰深的茅草。到了吃饭的时候，大婶子家的两个小闺女，就提着篮子提着一只水罐子来树底下的山崖送饭。有一盘子干鱼，顿顿饭都上，后来我们就不怎么动筷子了。可是我们发现，这盘子干鱼你一个不吃，下一顿还是给端上了。后来我们一起干活的老木匠二安叔出了个主意，他用筷子夹起一条鱼，瞅瞅没人，筷子一甩，那干鱼便像生出了翅膀一样，飞到山崖里去了。我们看了过瘾便也纷纷效仿，不一会儿，那一盘子干鱼，便全都长了飞翔的翅膀，飞走了。

平日里，我们晚上干完了活，就在树底下铺上几条苫子，在山崖头上几个人就这样挤挤挨挨地睡下了。可是赶上一天晚上下雨，树底下睡不成了。朱家的女婿领我们去了一座无人的小院，说这是他们家的老房子，屋子里堆着好几年的干草，不用铺苫子，直接躺在柴禾上就可以睡了。我们听得有点悬乎，但仗着人多，也没有太在意。

夜晚的时候，院子里风雨交加，不时有一道闪电携带着一串巨雷在夜空里炸响，关不严的房门呼呼嗵嗵地直叫唤。躺在草堆里的我们几个木匠，已经没有了多少睡意。恰在这时，疑神疑鬼的二蛋，在黑暗中提醒大家，说，别吭声，门外有人敲我们的门呢！他这一提醒不要紧，本来就紧张的空气一下子凝固了。可是我们竖着耳朵听的时候，也真就听到了屋门上的铁门有晃动的声音。我们不相信这是院子里风雨的声音，因为在我们大声呵斥的时候，那声音就没有了，一旦静下来，那声音便又有节奏地响了起来。

所有的人都蜷缩进床单子里面去了，就连上了年纪的二安叔，也说这院子是座凶宅，肯定有冤死鬼什么的。他说完这话之后，就再也不吭声了，整个屋子里静得可以听见彼此的呼吸。不知道什么时候，我在迷迷糊糊中挨到了天亮。大家揉揉惺忪的睡眼，好像做了一个晚上的噩梦。

我要说的还有我的木匠生涯中，夜宿田屯的另一个故事。那天晚上，我们几个徒弟跟着继连哥拉着家具去田屯集上赶会。头一天晚上去了，没有地方住，也没有地方存放家具，便循着田屯集上的灯光,往一些灯光稀少的地方走。

我们来到的是一处卖石灰的窑厂。可是我们当时并不知道,我们判断,这里地面稍微宽敞些,加上灯光昏暗,就以为是一个菜市场什么的。我们在路边的一堵围墙下面放妥了地排车,从车上取下两床草苫子,靠着墙根铺了,各自枕着自己的一双鞋子睡下了。

氓是继连哥新收的一个徒弟,他有点兴奋,好像还没有新鲜够,磨蹭到最后,睡到了最后的那一截苫子上。半夜的时候吧,我在睡梦中听到一声惨叫,惊恐而嘶哑。随后就看到一个黑影打着明亮的手电,肆无忌惮地叫骂开来。

原来,这是窑厂一个巡夜的看守,他像往常一样出来巡夜的时候,顺着墙根默不作声地走,哪曾想他的一只臭胶鞋,一脚踏在了氓熟睡的脸上。被一脚踏醒的氓一声惨叫,也一定把这个夜晚守夜的人吓得够呛。他拿手电筒一照,好家伙,原来这里还躺着一溜呢,便将这一腔无名火发在了这一溜横躺在睡梦中的外地人身上了。

守夜人的破口大骂,一时还没有让我们全都醒过神来。他只是在那里骂,却不敢靠近我们,等我们纷纷从草苫子上起身后,他才说这里是不允许睡觉的之类的话,要我们赶快离开。没有办法,你睡在了人家的地盘上嘛。我们赶紧卷了苫子,拥着一辆地排车,在守夜人的责骂声里,缓缓地往外走。慌乱之中,我们几个人竟然纷纷踏进了一堆堆放在路边的石灰里。感觉像一堆萱土,一脚踏进去,尘土四溅,感觉不对,正往外拐时,又听见身后的守夜人大骂,说你们眼睛瞎了吗? 往石灰堆里走! 慌乱之中,我的一只鞋子掉在了石灰堆里，连忙下手去那堆石灰里捞，又被守夜人骂了一顿，我怕得要命，便提着鞋子慌慌地赶路去。

　　来到大街上的光亮处，大家面面相觑，不禁失声大笑起来。只见个个都是大小不一的花脸，裤子上半截子都是石灰。再看看我自己的手上，还提着灌了半鞋壳郎子石灰，怪不得守夜人骂得那样凶呢。

2011 年 12 月 18 日 19 点 12 分乌鲁木齐陋石斋

验兵去

验兵了!这个消息是怎样传到我的耳朵里来的呢?那时,我正在枣庄的一个煤矿上,将我的木匠生涯进行得如火如荼,我的梦想是成为一名闻名乡里的乡村木匠。当兵这样的事情,只是我曾经做过的一个梦。因为爷爷是地主的缘故,家里的成分不好,政审这一关就过不了,所以等到我终于明白了这个严酷的现实之后,我已经完全将自己的人生,固定在一个乡村木匠的生涯里了。

那天下午,快要收工的时候,一个来枣庄赶集的村里人,找到我们干活的人家,说是大哥专门让他给我带个话,今年的征兵政策变了,像我这样的"地富子女"也可以去验兵。我放下了手里的刨子,听完了这话,心里的波浪开始翻滚起来。晚饭之后,我把要回去验兵的意思给继连哥说了,他不屑一顾地说,都多大岁数了,还想去当兵,就你这小个子(我当时的身高,不足一米六),也能让你去当兵? 可我还是想去试一次,不管能不能验上。

继连哥不同意我回乡验兵有他自己的理由。眼下的活挺紧,正缺人手不说,主要是在他的判断里,我这次回去验兵,纯粹是瞎子点灯——白费蜡。他基本上已经判定,我回去也是白白地浪费时间,还要花上来回两趟的路费。我和继连哥的谈话,基本上是不欢而散。他没有说服我,我也没有听进去他的劝。

第二天早晨起来,我向继连哥辞别的时候,他似乎还在生我昨天晚上的气,有点爱搭不理的样子。本来,我是想向他要上十几块钱的车票钱,见他这一副表情,我一转身就走了。我空着两只手,沿着枣庄通往临沂的一条柏油马路,倔犟而不无悲愤地往回家的方向走去。

　　从枣庄到我西水沟村的家里,说是七十里路,往常,都是骑着车子或搭着便车来回,这次自己要用一双脚板,走一回了。出了矿区之后,大片的湖地里,庄稼已经被收获的差不多了。湖地沟岔里,似乎还有一场秋雨留下的痕迹。不一会儿,燥热就随着头顶上的秋阳一起,逼近蛰伏在公路两边的湖地和村庄。我脱下了上衣,甩甩搭搭地披在肩膀上,穿在身上的背心也很快就湿透了。走着走着,内心的不快也不知不觉消失了,满脑子里都是关于当兵的幻想。

　　虚幻的梦想,有时也能让一个人在现实里飞翔。那样轻薄和飘忽的梦,几乎是我冒着炎炎秋阳,在一条无尽头的柏油路上走下去,而不至陷于绝望的唯一理由。我走在公路上,不时有呼啸而过的汽车拉着响鼻,携带着一股子好闻的汽油味从我的身边经过。那时候,公路上的汽车少,大多是骑着洋车子(自行车)和拉地排车的人,他们三三两两,交头接耳,有说有笑,在整个秋天里,这一条横穿了鲁南丘陵和平原的乡间大道,看上去并不显得寂寞。

　　我的行走却是孤单的。我必须自己给自己鼓劲,用自己的一双脚板,行走在一片又一片希望和茫然的湖地和山岭之间。除了头顶上的秋阳,我的脚底下,还有一双不跟脚的鞋子,做木匠的时候,我自己用钉子钉下的鞋掌子,也开始脱落了,并尖利扎进脚底板子。疼痛已经使我变得麻木了。我脱下鞋子,用一只手提着,肩上的那件上衣愈加显得多余,但沉重和轻松对我来说似乎也已经不重要了,眼下,回家和当兵的愿望,成为这一条黑丝带一样漂浮在鲁南乡间的公路上我所有的努力和方向。

到了半下午的时候,肚子开始饿了。口渴已经使我下到公路边的水洼里,喝了几次天然的雨水,但饥饿是不可阻挡的,我只有加快了步伐,汗水或者泪水,顺着脖子一直流到了胸脯上,那些漫漶而至的悲伤和倔强,对于命运的不屈服,一次又一次帮我抵挡住了饥饿的侵袭。

我赶到家的时候,天已经擦黑了。我抹了一把脸上的泪水,就像擦了一把汗,装作没事一样,洗了把手就进屋吃饭去了。母亲看看我身后,什么东西都没有带,一定还以为我不是一个人回来的。我说,我从早晨到现在,走了整整一天,母亲睁大了眼睛,看着我狼吞虎咽的样子,一句话也没有说。

第二天就去公社验兵了。没有想到西水沟村里会有那么多人去验兵,呼呼啦啦地一下子去三十多个人。在一个学校的操场上,目测、溜圈,第一道关就刷去了十几个人。剩下的人,全部脱光了衣服,排队进入一间教室里,双手抱着头在地上蹲着走了一圈,然后才进入到真正的"验兵"程序。还是没想到,我竟然第一个通过,体检合格!

接下来的结果,西水沟村的三十多个人剩下了六个人,又去县城下庄做了一次复检,最后接到了通知的,只有三个人了。另外的两个人,一个是我小学到初中同学肖玉亮,另一个是我的高中同学,当年从高考的考场上背我回家的宋科昌。肖玉亮和我同岁,宋科昌大我们两岁，但是命运再一次把我们联系了一起。

等待政审和家访的日子，变得无比漫长。更糟糕的意外是，当年的新兵连长吴楚德，是一个小个子的湖南人，他后来当了我通信营的营长。他那天和公社武装部的干事到我家里来的时候，母亲的牙疼病犯了，正在屋檐下手托着腮帮子一脸愁容。家访的吴连长，一口浓重的湖南话估计母亲也没有怎么听清楚，答非所问是难免的了。只问了几句话，那连长转身就出门走了。

到了晚上的时候，似乎是一个瓢泼大雨的夜晚，我在公社当公务员的高中同学金银龙，冒雨敲开了我家的门。他抖落着身上的雨衣，喘着粗气说，出事啦，你的家访没有通过，那接兵的干部回去就把你的名字给勾掉了。说你娘说话难听，不想让你去新疆当兵。他还说，明天赶快上公社去找人。

送走了雨夜送信的同学金银龙，家里就开始合计了。去公社找人，要让大队书记带着去，还要准备一些土特产。盘算了半天，家里的土特产，就只有院子里的那一堆刚从地里刨回来的山芋了。就这样，大哥用胶车子装了两麻袋山芋，跟在大队书记的后面，去了公社。

名单又给恢复了，但是大队书记的这一顿饭是不能少的。也算是庆祝吧，请了大队和小队的干部，在家里喝了一顿酒。

拿到了入伍通知书，在家里等待的那些日子，我已经是一个在地上漂浮的人了。除了走走亲戚，串串门子，我几乎什么活都不用干了。事实上，这个时候，我们全家的活也都基本上停下来了。东邻西舍，全是祝福和栽培的话，都希望我们这一家子人，就此可以改变了苦难的命运，告别贫穷和屈辱的历史。

母亲开始整夜整夜地睡不着觉了，她自言自语地说，长这么大哪里出过这么远的门呀。那个时候，目不识丁的母亲任凭怎么想象，也无法把她人生的边界跨越到茫茫无际的新疆。对她来说，那几乎是一个远在天边的地方。

我们是从公社里坐了一辆大卡车走的。全家出动，我趴在卡车的车帮上，心怦怦地跳，一句告别的话都没有说出来。我看见了人群中朝着我挥手的三叔，还有一直要跟随着我到县城卞庄去的大哥。依依惜别，更多的是兴奋和不知所措，那些夹杂在浓重乡音里的哭喊声，渐渐远去了。

我们到卞庄的当天晚上就换上了军装。我知道大哥和二哥他们，一直就在武装部招待所的走廊里蹲着的，他们要等着把我们换下的衣服带回去，也等着全县的新兵集结完成后，再一次为新兵送行。

第二天早上，当我穿着一身肥大的军装，抱着昨天晚上换下来的衣服出现在大哥和二哥跟前的时候，他们两个人表现出来的从容和假装的镇定，还是让我感到了这一身军装在我身上所产生的作用。

新兵开始集结了。大哥和二哥他们被要求离开，黑压压的人群朝向一个院子的出口，只有一转眼的工夫，大哥和二哥就在人群里消失了。我突然感到了一丝恐慌，一种莫名的紧张和孤单涌上心头。是的，在这一刻，我才真正地体会到了需要一个人面对的世界，亲人和家庭的依托，变成了一些正在渐渐远去的"背影"。

运送新兵的车队，是从县城卞庄的一个广场上出发的。浩浩荡荡，上百辆军用卡车，沿着临枣公路，也是我当初一个人独自往回走的那一条公路,缓缓驶去。据说,我们是要到枣庄乘火车去新疆。

说心里话,长这么大我还没有见过火车的模样呢。想到我曾经赤脚走过的这一条漫长的公路,此时此刻我站在卡车上,望着浩浩前行的车队,沿途百姓异样的眼神和注视,想到自己的人生因了这一条从军之路,已经或者将要发生的变化,不禁无限感慨。

人生易老,三十年的时光过去了,遥远而漫长的新疆,已经使我望断了一条故乡的路。三十年前,我从故乡鲁南的那一条乡路上转身离去的时候,我决然没有想到的是,自己会用一生的漂泊,来怀念那一片遥远的故土。

2011 年 12 月 20 日 04 点 12 分乌鲁木齐陋石斋

叙述者的卑怯和谨慎

郁笛

这是一部向后看的书,一部少年乡村的心灵之书。忧伤、屈辱和眼泪;欢歌、漫游和无所事事,在一个大时代的苍茫之中,一个弱小生命的呼号和无助,那些就要被历史湮灭了的"往事",成就了这样一些文字中的回忆之痛。

当然,我的回忆中还不仅仅只是疼痛。我愿意告慰自己以及九泉之下的父母,亲人们,我忠实地履行了一个亲历者、一个叙述者的卑怯和谨慎。我无法完整地叙述一部乡村的历史,我只是完成了那些幼小时光里的枝节和片段。更大的可能是,被我忽略和遗忘的或者更多。这里面的"往事",大多掺和了我希求圆满的理想和少年的初衷。

鲁南是我的故土,我生命的源头。现在她是我永远的痛,是我的回忆和少年往事,精神的原乡。

写这本书的初衷，其实在我的心里已经徘徊了很久。今年六月，是我母亲过世三周年，我有过犹豫，回，还是不回？我知道我的故乡之路，随着三年前母亲的离去而突然被中止了。而在此之前，我曾经那样肆无忌惮地消耗着关于故乡和幼年的时光，那些不曾被我珍惜着的，母亲般的牵念，一瞬间全都化为了乌有。

这使我感到了恐惶，尤其在完成了母亲的葬礼，我一个人踏上返回新疆的路途之后，才意识到所谓望断天涯的这一条路，其实我已经没有了选择。

没有了母亲的故乡，还能算是真正的故乡吗？我抬眼就望见了母亲的悲伤，望见了母亲晚年在乡间的那一座小院，她年迈的身影和一身的病痛，她无尽的思念和隐忍……最后，她永远沉眠在南山上荒凄的山岗。

一切，都在我的疏忽和忘乎所以之中，消失得无影无踪了。所以，我心怀着怎样的悔恨，来面对我的故乡，面对鲁南平原上那个梦幻般飘忽的村庄。是的，这是历史的、往事里的村庄，她只属于我和我所拥有的那个时代——西水沟村。我的亲人、玩伴，左邻右舍，东墙西院，篱笆菜园，鸡鸣狗吠等村街泥巷里的旧景，早已经不复存在。

难道说只剩下了回忆这一副良药？面对汹涌而至的往事，我想说，给我一点回忆吧！我想留一点回忆，给我逝去的双亲，我的故土般的亲人，我的村庄、溪流，稻田上空的乌鸦，以及太阳晒疼了的脊背。

《鲁南记》，这一部十几万字的小书，是我用了三十年漂泊的时光,我的遗忘,丢失和残缺不全的回忆来完成的。

谨以此书,献给我九泉之下的父母双亲。

2011 年 12 月 21 日 22 点 04 分乌鲁木齐陋石斋